「やってやろう！
北から中央への、
逆襲開始だ！」

ショウ・フェニクス
前皇帝の長男でアーヴェルの兄。
北部の管理を任されている
セラフィナ・
シャドウストーン
一度目の人生では悪女となった。
魔法でアーヴェルを過去へと戻す

アーヴェル・フェニクス
過去へと何度も回帰している。
三度目の回帰では
中央へと反旗を翻すが――？
ジェイド・シャドウストーン
シャドウストーン家の次男。
妹のセラフィナを虐げる
バレリー・ライオネル
天才魔法使い。アーヴェルたちに
協力を申し出て行動を共にする

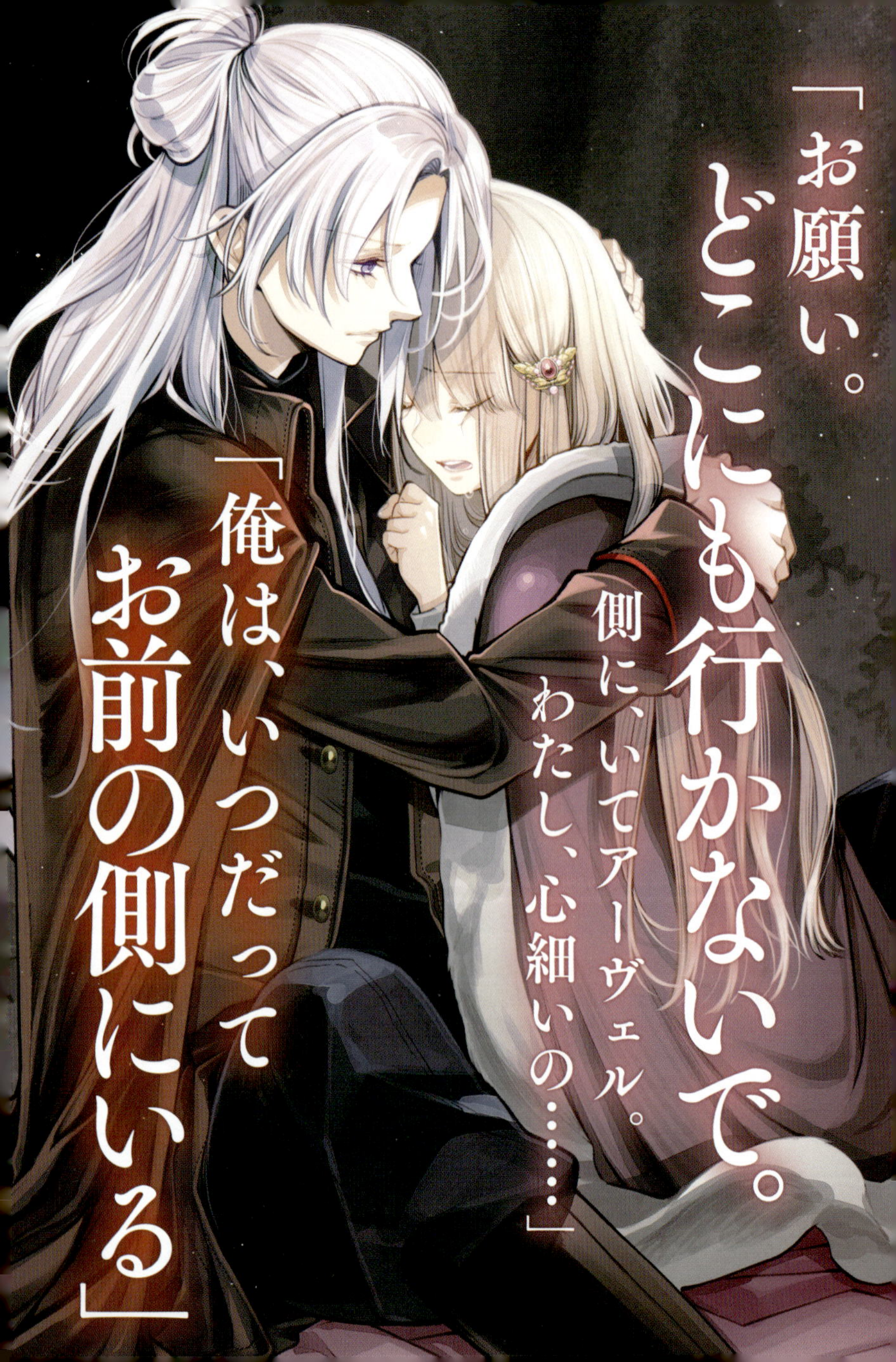
「お願い。どこにも行かないで。
側に、いてアーヴェル。
わたし、心細いの……」
「俺は、いつだって
お前の側にいる」

悪女
矯正計画
The bad girl
is cute
today too
Bad Girl
Correction
Plan
02
さくたろう
Sakutarou Presents
Illustration by
とよた瑣織

CONTENTS

The bad girl
is cute
today too

第一章

アーヴェル・フェニクス

俺たちは詰んでいる

最低の気分。まさしくそんな感じだった。

目の前に、幼いセラフィナがいる。死んだショウもいて、突然立ち上がった俺に、軽蔑したような視線を送っていた。また俺は、ここへと戻ってきた。先ほどまでの場面が蘇る。処刑される間際、セラフィナは、体に銃弾を浴びながらも俺を過去へと戻したのだ。

「う、おえええええ！」

吐き気を催し、目の前の皿に多分俺がさっきまで食べていたであろう豪華な料理を吐き出した。ゲロは飛び散り、セラフィナの料理までも汚す。隣に座るセラフィナが、ひ、と小さく悲鳴を漏らす。兄貴が俺を見て、固まっていた。親族がざわついている。この次男坊はやはり頭がおかしいのかもしれないと、彼らの顔には書いてあった。

「セラフィナ、ごめん、ごめんな！」

立ち上がり、俺はセラフィナを抱きしめた。腕の中でセラフィナが震えている。ぱっと彼女から身を離すと、そのままの勢いで俺は兄貴を抱きしめた。

「ショウ！　二度とあんな目には遭わせない！　俺が守ってやるから！」

兄貴は額に青筋を立てながらも、拳を握りしめる。俺は喚きながら二人を抱きしめた。

「ごめんな、ごめんな二人とも！　俺は本当にひどいことをした！　今度こそ——」

と、そこまで言ったところで俺は兄貴に本気で殴られた。

食事会の場から強制退去させられた俺は、部屋に押し込まれていた。料理はお預けとなったが、それどころではない。危うくさっきは死にかけた。セラフィナが戻してくれなければ、今頃俺の死体はショウの隣で兄弟仲良く城門に並んだことだろう。

シリウスめ、ぶっ殺してやる。

という怒りは当然あった。だが短気が身を滅ぼすことは、嫌というほど身に染みている。やるなら完璧に、計画をもって完膚なきまでにやってやらなくては、俺たちは確実に負ける。考えなくてはならないのは、俺たちを不幸のどん底へと突き落とす元凶を、徹底的に叩き潰すことだ。シリウス単体ではない。

厄介なのはシャドウストーン家だ。皇帝の影で権力を握り続けることが、奴らのただひとつの目的だ。その目的の上で、北部を手に入れたかったのだとしたら。俺たちへの憎しみではないのは救いだが、北部にいる限り、対立は避けられない。

つまり俺たちが幸せになる唯一の道は、現皇帝一家を叩き潰し、シャドウストーン家を叩き潰し、北壁フェニクスがただ一人の勝者となる道だ。

どうやってそれをやる？　セラフィナに井戸を開けさせれば、彼女は呪いを受けてしまう。セラフィナに魔法を禁じるなら、魔法使いは俺一人。俺一人で、絶対的な権力を握る皇帝一家と、魔法使いの名門のシャドウストーン家と対峙しなくてはならない。

あの強敵どもをどうやって倒す？　どうやって。どうやって？　どうやってだって？

……いや。どうやっても無理だろ。どう考えても勝てるはずない。あれ――？

俺は思った。

「これ、詰んでね？」

ぬあああっと叫びながら部屋をのたうち回っていると、食事会が終わったのか、いつもだったら親族を見送りに行き不在のはずのショウが俺の部屋にやってきた。様子のおかしくなった弟を見にきたのだ。

ショウは怒ってはいなかった。かといって、心配している様子もなく、むしろ困惑しているようだった。叫ぶのを止め、立ち上がり、乱れた髪と服を直しながら俺は言った。

「俺の頭がおかしいと思ってんなら、杞憂だぜ。俺はこの世界の、誰よりもまともだ」

「そうは思えないから親族の見送りには行かずに、わざわざここへ来たんだ。必要なら医者を呼ぶが」

こうして兄貴と二人で話せるというのは、俺にとっては好都合かもしれない。椅子に腰掛けると、もう一方の椅子を指さした。

「医者は不要だ。座れよ兄貴。あんたと話したいんだ」

俺に不審そうな目を向けながらも、兄貴は促されるまま椅子に座る。足を組み、腕を組み、その目は探るように、俺をじろりと見つめていた。

　さあどこから話そうかと思考を働かせる前に、俺の口は動いていた。

「なあ兄貴、俺は屑だ。最低の人間だ。自分だってわかってるんだ。兄貴が死んだ時、俺は泣きさえしなかった」

「何を言っているんだ？　お前は屑ではないし、私は生きているだろう」

　俺は首を横に振る。

「違うんだ。兄貴の、知らない俺がいるんだ。そいつは本当にどうしようもない人間で、自分のことしか愛してないし、誰のことも信用してない。でも、わかったんだ。本当は、ずっと愛していたことに。ただ馬鹿みたいにいじけて、愛していないふりをしていたんだって。そういう風に、気づかせてくれた奴がいるんだ」

　今のセラフィナはそのことさえ知らないが、俺の中には確かに思い出が刻み込まれていた。

「なあ兄貴、俺さ、兄貴とセラフィナのためなら、なんだって、できるよ。どんな最低なことも、どんな悪いことも、できるんだ。二人のためなら、どんなことだってさ。だから、聞いてほしいんだ――」

　意を決し、俺は語った。

　前に話した時、ショウは俺を頭の病院に詰め込もうとした。だが、今俺の目の前にいる兄貴は、俺が語る、俺が経験してきた三度の未来の話を黙って聞いていた。

クソのシリウス。クソの叔父上。クソのシャドウストーン。可愛いセラフィナ。可哀想なショウ。俺が語り終えた時、兄貴の眉間の皺《しわ》は、かつてないほど深くなる。

「魔法使いの間では、常識なのか。時が、戻るという話は……」

「まさか。セラフィナの桁外れの魔力がなせる技だ」

「私が処刑されたと言ったが、裁判を待たずに処刑できるわけがない。この国には法律があるだろう」

「だけど特例だってあるだろう。確か条文の最後にこう書かれていたはずだぜ。『帝国首長が必要と認める場合は、この限りではない』ってさ」

「まさか、叔父上が私を殺すはずがない」

「殺すんだ」

俺の言葉を否定するように、兄貴は首を横に振る。

「血の繋がった人間だ。絆がある」

「いい加減にしろよ！　いつまで血の繋がりに固執する気だ！」

俺は怒鳴り立ち上がると、座っていた椅子を蹴飛ばした。兄貴は座ったまま、驚いたように俺を見上げる。

「俺たちとあいつらの間に絆なんて存在しない。兄貴、前に言ってただろ、親父の死に際を夢に見るって。どんなにひどい有様だった？　俺はおしゃべりな外野から聞いたことがある。三日三晩のたうち回って、死んだって。それはそれはひどい死に際だったって。わかってるんだろ、俺たちの父親を殺したのは、皇帝ドロゴだってことに。あいつが毒を盛ったんだ。俺の母親と兄貴の母親も、あいつが奪っていった」

だが兄貴はどこまでも冷静だった。

「そんなことを言うのはよせ。父上は突然の病に倒れ亡くなった。誰かが殺した確証など、どこにもない」

「誰だって噂してる。皆思っているんだ、ドロゴならやりかねないって。あいつは親父と共闘してユスティティア皇帝家を打ち破ったが、本当は誰よりも欲まみれだ。自分が皇帝になるためなら、肉親だって殺める奴だ。いいや実際、あいつが親父を殺したかどうかなんてさして重要じゃない。重要なのは、腹のうちじゃ、国中の人間が思ってるこっちの方だ。愚王ドロゴじゃなくて、ローグの優れた長男が皇帝に相応しい。つまり、兄貴が皇帝になるべきということだ」

「私は皇帝になるつもりはない」

「ショウ、いいかよく聞け。言ったろ、俺はなんだってできるって。兄貴とセラフィナのためだったら、できないことなんて何もない。だから、俺を信じてくれよ。……頼むから、シリウスとドロゴなんて、信用しないでくれ」

窓の外で、鴉が鳴いている声がした。鳴き声は近く、目を向けると、曇天の空の下、不気味にそびえる「兄貴の木」の上で、やたらとでかい鴉が、不吉の象徴のように鳴いていた。

「……くそったれ」

　連れて行くな、ショウを、どこにも連れて行くな。連れて行かせるものか。たとえショウが望んだとしても、ショウはどこにも行かせない。

　無性に腹が立ち、俺はショウに向き直ると、その胸ぐらを掴んだ。

「いい加減、気づけよ！　なあショウ、あんたは、ドロゴや俺なんかよりも、もっとずっと、遙かに価値のある人間なんだよ！　俺は兄貴が好きだし、尊敬してる。なのにみすみす、死んだりするな。俺にあんたを救わせてくれよ！　あんな木に固執してるからだめなんだ！　皇帝になれば、この国のすべてが兄貴のものだ。木なんて、好きなだけ、腐るほど城の庭に植えられる！　いいからショウ！　黙って俺に従え！　皇帝になると言え！」

　兄貴は押し黙っていた。相変わらず窓の外では、鴉がやかましく鳴いている。やがて静かに、兄貴は言った。

「泣くな、アーヴェル」

　ちくしょう、俺は泣いていた。兄貴は俺の手を首元からゆっくりと離した後で、椅子に座らせると、まるで幼子に諭すように穏やかに言う。

「お前が何を言っているのか、本当は半分だって理解していないが、本気で言っているのは、わかる。昨日まで話さえしようとしなかった弟が、今日は私を想ってくれているということもわかる。話も、筋が通っているように思える。実際に、あり得なくはないかもしれないと思うほどには、理路整然と、している。……だが、理解する時間をくれ。すぐには無理だ」

兄貴の手が慰めるように俺の肩に触れる。応じるように、俺もその手をとった。瞬間だ。無意識だった。魔法を放った覚えはなかった。ただ伝わってくれと、願っただけだ。俺の手から、火花が散った。

「うおっ……！」

兄貴はのけぞり、椅子から床へと転げ落ちる。

「おいどうした！　大丈夫かよ！」

驚いて駆け寄り、助け起こそうと体に触れた時、兄貴は床へと吐いた。

「うわっ」

ちょっと浴びてしまった。肩で息をしながら、兄貴は俺を睨み付ける。

「アーヴェル、私に、何をした」

「何って、何もしてねえよ！」

困惑しているのは俺の方だ。ショウに一体何が起こったのか見当もつかない。

「……ば、馬鹿な。非人道的だ。お前、なんて最低なことを。黒幕を探るために、私を処刑させたのか？　くそったれ。セラフィナを、無理に私とくっつけようと画策しただと？　くそっ、なんだこれは。腹が立つ」

呆気にとられる俺の横で、口元を拭い、兄貴は再び額に青筋を立てながらそう言った。

なんだって？　思わず自分の両手を見た。俺は自分の記憶を魔力に変換し、ショウの頭へと植え付けたのか？　この一瞬で？　そんなこと、世界で一番魔力の強い魔法使いでも不可能だ。馬鹿な。そこまで俺の魔力は上がっているのか？

兄貴が俺を信じるなんて、絶対にあり得ないと思っていた。だがあり得ないことが、起こってしまった。これはひとつ、時が戻った恩恵かもしれない。

兄貴は数度頷いた。

「にわかには理解し難いが、おそらくはお前の経験した記憶が、私の中になだれ込んできた。……はは、私が死んだ時、泣きもしなかったというのは嘘だな。大泣きじゃないか」

二度目、三度目の兄貴の死で、俺は確かに泣いた。記憶を共有したということは、俺の羞恥や情けなさもすべて兄貴に露見したということだ。

「お前が本気で私とセラフィナを案じてくれていたということは、わかったよ。だがお前のやったこと、どうにも腹が立つな……もう一発殴らせてくれ」

それは兄貴の冗談かと思ったが、俺はきっちりと殴り飛ばされた。

座り直し、俺とショウが過去の記憶についてあらかたの認識を共有し終えた頃、外はすでに薄暗かった。

「中央に、喧嘩を仕掛けよう。やられる前に、先手を打つんだ。ドロゴとシリウスを排斥して、兄貴が皇帝になる。今度こそ、今度こそ俺たちの勝利だ」

「……北と中央で、内戦になるぞ」

「内戦にはならない、その前にカタをつける。俺の魔力は、さらに増してる。見てろ」

俺が視線を窓の外にやると、兄貴もつられるように見た。兄貴の木には、白い花が無数に咲き乱れた。兄貴は口をぽかんと開けて、その花を凝視していた。以前セラフィナが使った魔法を俺も使ったのだ。

「わかったか、俺は今、この国の魔法使いの誰よりも強い。争いになったとしても、すぐに終わらせてやる。それに、戦力は俺だけじゃない。アテがある。聞いてくれ――」

そうして俺は、考えていたことを口にする。推論と願望が含まれた予測ではあったが、あながち無謀とも思えない。

聞き終えて数度頷いた後、兄貴は言った。

「覚えているか。私がまだ子供で、お前がほんのちびだった頃、よく二人で、使用人に悪戯を仕掛けたな」

兄貴は当時のような子供じみた笑顔で、にやりと笑った。

「その頃みたいに、久しぶりにわくわくしているよ。いいさ、やってやろうじゃないか。私だって死にたくはない。中央相手に、人生をかけた悪戯を仕掛けても、悪くはないな」

なんということだろうか。頭の固いショウが、俺の話に乗ってきた。

「やってやろう！　北から中央への、逆襲開始だ！」

いつかやったことがあったように、俺たちは、拳をがちりと合わせる。どれほど困難な道であるかなど、想像さえできなかったが、俺と兄貴は顔を見合わせ頷いた。

それから、これだけは伝えておかなくてはならないと思ったことを、口にする。

「あのさ、兄貴。兄貴はセラフィナのことが好きだったと思う。セラフィナも多分、兄貴のこと、結構好きだったんだ」

「お前の記憶を通して見たが、実感はないな。あくまで『お前の思い出の中の私』のことという感覚だ。私は彼女にそこまでの感情はない。私の中にあるのは、記憶の中のお前が、狂いそうなくらい彼女を愛していたという事実だけだ」

「……俺さっき、兄貴のためならなんだってできると言ったけど、ひとつだけ、欲しいんだ。セラフィナが欲しい。俺、あいつのことが、本気で好きだ。愛してるって、はっきり言える。自分よりも何よりも大切だって思ってる。だから、あいつと俺の、結婚を許して欲しい」

兄貴は眉を寄せる。

「彼女はまだ幼い。愛していると、本気で言っているのか。お前との婚約を嫌がるかもしれないぞ」

俺は当然本気で言っていた。

「だったら待つよ。あいつがその気になるまで待ってるよ。セラフィナがいない人生なんて、もう俺には考えられない」

「彼女は、お前にとってなんなんだ？」

「宝だよ」

即答すると、兄貴は眉を下げて小さく笑った。

「そこまで深く人を愛することができるというのは、少し、羨ましい気がするな」

本音を言うと、兄貴に対してもほとんど同様の思いを抱えていたが、それを口にするのはあまりにも気色が悪いため、黙っておいた。


セラフィナが北壁フェニクス家に留まって三日目。朝食を食べた直後、彼女は俺に飛びついて手を引っ張り、椅子から立たせた。

「アーヴェル！　おさんぽに行こう！」

目が眩むほど輝く笑顔で、嬉しそうに彼女は言った。

「ねえねえ、アーヴェル。いつ結婚するの？　いつ？　明日？　今日？　ねえ、いつ？」

「あのさあ」

確かに言った。俺は言ったけど。その気になるまで待つってさ。だけどいくらなんでもその気になるのが早すぎるだろ。数ヶ月とか数年とか、そのくらいの単位で考えていた。悪女セラフィナ、怖いくらいにちょろすぎる。

「フィナって、かわいい？　ねえ、かわいい？」

「世界一可愛い」

「アーヴェルも世界一かっこいい！　アーヴェルの髪って、きらきらしてて、お月さまみたい！　すきぃ！」

　まあ……決して悪い気はしない。

「アーヴェル、フィナのこと、すき?」

「うん、好きだよ」

　いつも言えなかった言葉を、俺も存分に口にする。

「大好きだ」

　セラフィナは顔を真っ赤にして満面の笑みになった。

「フィナもアーヴェルのことだいすき！　すき！　あいしてる！　えへへへへ」

　側で見ていた兄貴が、笑いを堪《こら》えるように口元をぴくつかせる。

「お似合いだ。本当に。微笑ましいよ」

　――くそ！

　セラフィナとの仲を順調すぎるほど深める一方で、俺は兄貴と長時間書斎に閉じこもり、今後について話し合っていた。

「忠誠などクソ喰らえだ。私は本当に反逆者になってしまった」

　半ば投げやりにショウは言う。

「中央に気取られないようにしなくてはなるまいな。表向き、私たちはよく躾けられた犬のままでいなくては。特にアーヴェル。お前は短気だから心配だ」

「俺の短気は治りつつあるぜ」

どうかな、と兄貴は笑う。

「だが確かにショウ、危険な橋には変わりない。第一の関門はシャドウストーンだ。奴らとの関わりが、俺たちの命運を分けると言ってもいい」

「お前はシャドウストーンが北部にこだわっていると思っているようだな。北部に本当にそれがあるのか」

「間違いない。魔導石はあった」

散々考え、奴らが手に入れたいとしたら、それしかないと結論づけた。場所の見当は付いていた。シリウスが魔導武器を配置した山だ。だから俺は、前の世界で北壁と呼ばれる山へと出向き、我が国最北の小さな村に滞在し、その村で禁足地となっている場所に入り込み、それを発見した。

手付かずの魔導石。俺が見たのは一部だったが、北部の山には、まだまだ埋まっているに違いない。なんの資源もない僻地が、実は金脈だったのだ。

そもそも大昔、奴らが繁栄したきっかけになったのは、その魔導石が大量に採掘される地を見つけたからだ。だが近年その量と質は低下していると聞いたことがある。ならば地位を確保するために、奴らは新たな採掘場を血眼になって探しているはずだ。そうしてどんな経緯かは知らないが、北部に産出地があると知ったのだろう。

兄貴は窓の外に目をやり、山々を見つめた後、視線を戻す。その目を見返しながら、俺は言った。

「動機が北部への恨みでないとするなら、やりようはあるはずだ。とはいえ信用ならん奴らであることには変わりない。敵対したら確実に詰む。ショウ、あんたも俺から離れるなよ」

これじゃあどちらが兄かわからんな、と肩をすくめた後でショウは言った。

「セラフィナが時を戻したいと思っても詰みだな。アーヴェル、不満の隙がないほど彼女を愛しまくれ」

「わかっ……てるよ」

言葉が喉につっかえそうになる。

「それに、あれが呪いだとしたら、あいつには魔法を与えないようにした方がいい」

「まあ、そうだな」

歯切れの悪い兄貴に驚いた。

「おいおいおいおいおいおいおい、まさかセラフィナが呪いを受けた方がいいって思ってるわけじゃないだろうな？」

「いいや、まさか。ただ彼女の桁外れの魔力がないと、お前は過去には戻れないだろう。やり直しは二度とできない。危惧するのはそのことだ」

「もう過去には戻らない、ここですべて終わらせるんだ」

俺が断言すると、兄貴も数回頷いた。

「ああ、私ももちろんそのつもりさ。気弱になったな、すまん。……私はしばらく、外回りをしてくるよ。父上の部下だった者たちに、会いに行ってくる。だが、本当の味方は少ない。私とお前の、ほとんど二人だ」

「それで十分だ」

しばし思案したような間の後で、兄貴は言った。

「ひとつ、思ったことを言っていいか。お前は未来から精神だけ戻ってきたと言ったな。だがお前の記憶だと、お前を起点にして、世界自体が過去に戻されたように感じる」

「それの何が違うんだよ。同じだろ」

人を過去に戻すのと、世界がそいつだけ残して戻るのは、結果として同じはずだ。

「さあな」

さあなってお前。

「ただ、思ったのはこういうことだ。時間が巻き戻るのではなく同一線上にあるのだとしたら、何かのきっかけがあれば、記憶が戻ることもあるのかもしれない」

「兄貴の記憶が戻ったみたいに?」

「私の記憶はお前の記憶で、自分自身のものじゃない。見たくもないものまで見ているんだ、同情してくれよ」

確かに俺の記憶には人に言えないようなものも、多少は含まれている。それに関してはすまないとは思う。

　いずれにせよ、直近の壁となるのがシャドウストーンであることには変わりない。セラフィナが領地に帰る時、俺とショウは付いて行く。それから無事に北部へ戻れるかどうかは、俺たちの腕にかかっているのだ。


　セント・シャドウストーンへの帰宅の日、セラフィナはいつになく沈んでいた。

「……帰りたくないなぁ。フィナだけここにいちゃ、だめ？」

　目を潤ませる彼女をなだめるのは心が痛んだが、彼女がいなくては、俺とショウは屋敷に入れてさえもらえないだろう。

「さっさと話して、とっとと戻ってこよう。そうしたらお前も、これからもこっちで住めるようになるからさ」

　俺の服を引っ張り、セラフィナは必死に訴える。

「アーヴェル、ずっと一緒にいてくれる？　家で、フィナと絶対に離れないでいてくれる？」

「いるよ、ずっと一緒にいる」

「じゃあ、帰る……」

　セラフィナは、しぶしぶそう言った。

　馬車でも、休憩中でもセラフィナは俺にべったりとしがみつき、離れようとしなかった。それが愛情でないことくらい、俺だって気がついていた。虐げられ続けた彼女は庇護者を求め、そうして俺がそこに収まっている。それだけだ。それでもいい、今はまだ。

なあセラフィナ。不幸などもう忘れてしまえ。楽しさと喜びだけを、感じていればいいんだ。俺は彼女を幸せにすることを、彼女自身に誓ったのだから。

夜も深まる闇の中、俺たちは屋敷に到着する。

過去の記憶の通りにジェイドが現れ、セラフィナの腕を掴もうとする。だが奴が掴めなかったのは、俺ががっちりとセラフィナを抱いていたからだ。ショウは俺とセラフィナを庇うように一歩進むと言った。

「折り入ってご相談があります。君の兄上か父上はご在宅だろうか」

「あいにく二人とも留守にしています。話なら、俺が聞きますよフェニクス公」

クルーエルはいるはずだから、これはジェイドの嘘だろう。

「少なくともクルーエルさんにお話がしたい」

兄貴が言うが、明らかにジェイドは不服そうだ。お前じゃ交渉相手にならんのだよ。俺の出番だった。

「セント・シャドウストーンの底が知れるなあ、皇帝一族がわざわざやってきたというのに、家に招き入れないとは！」

屋敷中に響き渡るほどの大声を出すと、セラフィナの体が、腕の中で硬直するのがわかった。

「……こいつ、頭がおかしいのかよ」

ジェイドがそう呟いた直後に、別の声がする。

「アーヴェル・フェニクス、ショウ・フェニクス。弟が失礼した」

セラフィナに似ているが、片眼鏡の奥の瞳は冷ややかだ。玄関先の不穏を感じ取ったのか、クルーエルが出てきた。シャドウストーンの長兄は、ジェイドのように単純ではなさそうだ。

ふ、と侮蔑したような笑みを浮かべると、兄貴に顔を向けた。

「お話があるとのこと、私が相手をいたします。どうぞ客間へ」

こうして、俺たちはシャドウストーンの屋敷に再び足を踏み入れることとなったのだ。

客間に通され、席に座る。

俺たちが上座であるのは、一応奴らも表面上は下に見てはいないことを示しているのだろう。話を聞く態度も持っているようだ。セラフィナは俺から離れようとしないので、子供に聞かせるような話ではなかったが同席させていた。

俺たちの前にシャドウストーン家兄弟が座るなり、単刀直入に兄貴が言った。

「北部をあなた方に譲りましょう。代わりに、私が皇帝になる手助けをしていただきたい」

「はぁ？」

頓狂な声を上げたのはジェイドだった。せっかく座ったのに立ち上がり、テーブルを叩く。セラフィナがびくりと体を震わせ、俺のシャツにしがみついた。

「兄弟ともども頭のいかれた奴らだ。北部など田舎者の集まりだろう！　意味のない場所だ。兄上、話など聞く必要はない。追い返そう」

「馬鹿な奴だな、話はこれからだろう。ジェイド、座れよ」

俺が親しげに話しかけたのを不審に思ったのか、ジェイドは訝しげな表情を浮かべる。俺からするとそれなりに関わった相手だが、この世界では初対面だから順当な反応だ。

ショウは鞄の中から袋を取り出す。

「あなた方に、利のあるお話だと思いますよ」

袋を机に滑らせると、中身がこぼれ出た。乳白色の石の欠片だ。クルーエルとジェイドの顔色が変わった。

「我が領土で採掘された魔導石です。ほんの一部を切り取り、お持ちしました」

クルーエルは石の欠片を手に取ると、凝視し、しばらくの間の後で言った。

「確かに本物だ。混じりけもなく、純度も高い。しかし、にわかには信じられませんな。これを北部のどこで？」

「今ここで、場所を言うことはできません。これは我々の命綱と言っていい、大切な交渉の道具ですからね。場所は私とここにいるアーヴェルだけが知っている。ひとつだけ言えるのは、あそこには、手の付けられていない魔導石が、無尽蔵に眠っているということです。これをあなた方に、まるごと差し上げましょう」

クルーエルの態度は露骨に変わる。身を乗り出し、兄貴を見つめていた。

「先ほど、皇帝になりたいとおっしゃったか。普通に考えれば狂気の沙汰だ。現皇帝は、北部を恐れている。貴殿らが怪しい動きをすれば、難癖を付けて、いつだって排除するだろう。やるならば綿密な計画を立て実行しなくてはなるまいが、そう易々と勝てる相手でないことはご存知のはずだ。勝機はどれほどあると見込んでいるのです」

叔父上がショウを殺したくてうずうずしているのは承知の上だ。ショウは言った。

「北部の諸侯は父の忠臣が多く、私が北部に追いやられた際に、共に付いてきた者たちです。私とアーヴェルに忠誠を誓っている。彼らに背後を任せ、ここにいるアーヴェルと、そうしてあなた方がいれば、中央の制圧は難しいことじゃない。アーヴェルの魔力にはお気づきでしょう。おそらくは、今世紀出現した魔法使いの誰よりも強い魔力を持っています」

よくもまあこんな場で笑えるものだと思うが、ショウはシャドウストーンの兄弟に向け、優しささえ感じさせる表情で柔和に微笑んだ。

「勝機はどれほどとお尋ねになりましたか。間違いなく、勝てると見込んでいます。中央と南部にも、ローグを信望する者は未だに多いですからね。私の支持も高い。多くの国民にしたら、皇帝が叔父でも甥でも大した違いはありませんから、反発もない。まるで午後のティータイムのように、和やかに反逆は終わりますよ」

はったり半分だ。俺は黙って、ショウの交渉を見ていた。

魔導石のある北部をまるごとくれてやるのは、確かに危険がある。ショウが皇帝になった後、シャドウストーンに国を支配されかねない。実際、中央と戦いになったとして、勝機があるかも未知数だ。だがその未知数をぎりぎりまで高めなくては、俺たちは生き残れない。

魔導石を見て、クルーエルはかなり揺れている。それだけ価値のあるものなのだ。

束の間の沈黙が訪れた。おそらく彼らの頭の中で、急速に計算が行われているのだろう。

「しかし、こうは思わないのかね。北部に魔導石があるのなら、ここで貴兄らを殺して奪った方が、どう考えても早くリスクは少ない」

突如として声が、部屋の外から聞こえてきた。驚いて顔を向けると、初老の男が入ってくる。物腰は意外にも柔らかそうな印象だが、睨んだだけで鴉が死んだとも噂される鋭い眼光は隠せない。

こいつ、いたのか。セラフィナの父、ロゼッタ・セント・シャドウストーンが、姿を現したのだ。セラフィナの体が、がたがたと震えはじめた。俺とショウは立ち上がる。我慢できずに俺は言った。

「俺たちが数日帰らなければ、さらに死んだともなれば、北部はシャドウストーンに対して蜂起する。北部じゃ未だに、皇帝ローグを盲信しているからな、ショウの言葉に絶対的に従う。北部の田舎じゃ、ユスティティア家の支配から解放したローグのことを神だと思っているし、その息子たちも同様だ。そんな奴らを怒らせて、北部相手に戦争をする気か？　勝てたとしても、疲弊は目に見えている。お前らの目的は、権力を得続けることだろう。無駄な争いは、望んでいないはずだ」

そこまで言って、俺は兄貴に頭をはたかれた。

「弟の無礼をお許しください。後で叱っておきますから。ですが、まあ、私が言いたいのも、概ね同じようなことですよ。利がどちらにあるかなど、目に見えているかと存じますが」


すぐに返答が来るとは、もとより思ってはいなかった。

夜も遅く、そのままシャドウストーンの屋敷に泊まることになった。それぞれに部屋は与えられたが、俺たちは一部屋に固まった。腐っても敵地だ。ショウもセラフィナも一人にさせたくなかった俺の提案だった。

「上手く、いくだろうか」

セラフィナが眠った後で、窓辺に立つショウがぼそりとそう言った。ソファーに座っていた俺は、顔を上げる。俺たちは眠れずに、燭台の明かりの中で夜を過ごしていた。

「ショウ、いつになく弱気だな」

「お前と違って、私はいつだって弱気なんだ。今も不安で頭がおかしくなりそうだ」

それは兄貴の弱音だった。なんてこった、あの兄貴が俺に向かって弱音を吐いているのだ。なんとなく、むず痒い。俺の思いに気づいたのか、兄貴は苦笑した。

「お前が否応なく私に本音を流し込んだからな、私も素直になってしまった。それに、人生を経験した年数でいえば、お前の方が長いだろう？」

「変な兄弟だよな」

俺が言うと、兄貴は笑う。

「ともかく奴らがどう出てくるかだな。死体で帰ることになる前に、お前の魔法でなんとかしてくれよ」

ショウがカーテンを開くと、にわかに部屋が明るくなった。ぽかりと浮かぶ月が、眩しいくらいに俺たちを照らしていた。

窓辺に佇む兄貴と健やかに眠るセラフィナを見ながら、俺はかつての自分を思い出していた。本音を何重にも嘘と虚栄で覆い、自分でも本心がわからなくなっていた愚かな男は、碌に向き合うこともせずにセラフィナを遠ざけた。兄貴の死に、本当は立ち直れないほど傷ついていたにも関わらず、別の道に逃げ気づかぬふりをしていた。それで得られたものなどせいぜい人間不信くらいなものだというのに。

深く愛すれば愛するほど、失った時につらくなる。だから俺は、いつも逃げた。最低のくそ野郎、それがまさしく俺だった。だが思いも寄らないことに、人生をやり直す機会を得た。嘘と虚栄は引き剥がされた。残るのは、一人では何もできない俺だった。

シャドウストーンが魔導石欲しさに敵対するのなら、その前に味方に引き込んでしまえばいい。

信用ならない奴らだが、情がなく欲に忠実なのは、俺たちにとって好都合で、悪い手ではないはずだった。

奴らもまた、眠れぬ夜を過ごしたのかもしれない。翌朝になり、ロゼッタが提案したのはこうだった。

「私が北部へと出向き、魔導石の調査をしよう。その間、ジェイドを貴兄らの屋敷に置く。代わりに、そちらの次男を預かりたい」

流石誰も信用しないロゼッタ・シャドウストーン。その目で確かめたいということだろう。言葉に出さないまでも、ジェイドは見張りだ。そうして俺は人質だ。だがジェイドもまた人質だ。そうして俺もまた、見張りであった。

俺とショウは、その提案を受け入れた。

そこで俺は、この屋敷にしばらく滞在することになった。せっかくの機会を逃す手はない。幸いなことにシャドウストーン家の連中は俺に興味がないようで、客人に構うことはなく、翌日から屋敷の中を歩き回ることができた。

目指すのは、あの井戸だ。井戸の中に封じられていた呪いで、セラフィナは魔法を得た。力を与える呪い。そんなことが、あり得るのだろうか。

そもそも誰が誰を、なんの目的で呪っているんだ。シャドウストーンに恨みを持つ人間は多い。

俺だってそうだ。

呪いの性質は単純で、解くのにそう手間取るはずがない。シャドウストーンが、呪いに気づかないはずもない。ならば呪いは彼ら以外に向いたものか——あるいは、容易く解けないほどに、強力な魔力が井戸に封じられているのか。庭を通り抜け、井戸の前に立った。周囲では、雑草さえも枯れている。

「材質は魔導石か」

独り言が漏れた。偶然か、それとも狙ったのか。魔導石に魔力が固着され、呪いが残っているようだ。井戸全体が、呪いを溜める魔導具になっている。セラフィナが呪いを受けなかった場合、彼らはどうやって、この呪いを消すつもりだろうか。

「そんなところで、何をしている」

背後から声をかけられ振り向くと、クルーエルが無表情で佇んでいた。

「別に、散歩だよ。最近セラフィナとも毎朝庭を歩いていたんだぜ、聞いていないか？」

聞いているはずもないだろう。兄妹の間に愛情はない。

笑いかけても、クルーエルの態度は軟化しない。諦め、俺は井戸に向き直った。

「この井戸の中には何がある？」

「何も」

クルーエルは即座に答えた。

「何もないなら、なぜ封じているんだ？」

「枯れた井戸で、誰かが落ちないようにするためだ」

「ここに、呪いを閉じ込めているんじゃないのか」

「何を言う。馬鹿げたことを」

クルーエルは言うが、俺はさらにたたみかけた。

「ここから確かに、負の魔力を感じるんだ。魔力が固着されているのは間違いないだろう。たかが井戸だ。複雑な魔法は発動しないことを考えると、魔法として形作られさえしない呪いだろう。問題は、誰がここに魔力を封じ込めたのかだ。セント・シャドウストーンの人間が、自らを呪っているとは考えにくいが、外部の人間が敷地内で呪っているのもあり得ないだろう？」

そうして俺は、ひとつ前の世界で調べたことを投げつける。

「エレノア・シャドウストーンが、死んだのはなぜだ」

それはセラフィナの母親の名だ。直近でシャドウストーンの屋敷で亡くなったのは彼女だけだ。その死には、不審な点がある。彼女もまた呪いによって死んだのか、あるいは彼女こそが、呪いの根源なのか――。この家には、謎が多すぎる。

「母は産褥死《さんじょくし》だ。セラフィナを産んですぐに亡くなった」

「エレノア・シャドウストーンが亡くなったのは、セラフィナ誕生から半年も経った頃じゃなかったか。出産に本当に関係があるのか？」

それもまた、ひとつ前の世界で調べたことだった。シャドウストーンで当時使用人をしていた人間にあたり、金を握らせ聞き出した。

「アーヴェル・フェニクス。探る腹などないのに探られるのは、いい気はしないな。言いたいことがあるのならば、はっきり言ってはどうだ」

明らかにクルーエルは苛立っていた。これ以上踏み込むのは危険だと思い、俺は一歩引く。

「別に、俺としても色々お近づきになりたいだけさ」

「私は君と友人になった覚えはない」

「まあ友人じゃなくて家族だからな。だろう義兄《にい》さん、長い付き合いになるんだ、仲良くしようぜ」

握手をしようと差し出した手は、見事に無視される。まあいいさ。寛大な俺は許してやろう、感謝したまえ。

数週間後、ロゼッタは調査を終え、北部の山々に純度の高い魔導石が未だ手つかずで眠っていることを、結論づけた。

「君が示した場所に、魔導石があることを確認した。よく突き止めたものだな、アーヴェル。その手腕、確かに素晴らしい」

父親から報せを受けたらしいクルーエルが言う。魔導石があるとわかったからだろうか、クルーエルの態度は軟化する。

「まあ俺は天才だからな」

残念ながら実際は違う。前の世界でシリウスによって魔導武器が配備された山を、調べろと言っただけだ。

その時のシリウスはそこに魔導石があると知っていたに違いなく、さらにシャドウストーンと繋がっていたはずだ。両者が手を組み、俺たちを排除しようとしていた。だから奴らが見つけた魔導石を、再び発見させただけだった。優秀なシャドウストーン家は、この世界でも見事、魔導石を見つけ出してくれた。

「採掘は待つと父上はおっしゃった。ショウ・フェニクスが皇帝になってから、時間をかけて行えばいい」

話がわかりすぎて気色が悪いくらいだ。まるでショウを皇帝にすることなんて、シャドウストーンにしてみれば朝飯前のような口調だ。実際にこいつらの意向によって権力者が変わっているのだとしたら、恐ろしい奴らである。だが言っておかねばならないことがあった。

「俺とショウは、この反乱に数年かける気でいる。あんたらにもそのつもりでいてもらわなきゃ困るぜ」

「数年待てという、それなりの根拠があるのだろうな?」

探るようにクルーエルは俺を見た。想定通りの反応で、回答は準備している。

「数年後、北部に魔導武器が配置される。それを俺が奪うんだ」

魔導武器は建前だ。今から数年後にもなれば、国民が戦争に疲弊しはじめ、表だっては口に出さないものの、皇帝への反感が高まる。そこでショウの登場だ。反戦を掲げるショウが、皇帝をぶっ倒す。国民たちはショウへの信望を強めるだろう。だが未来の話をこいつの前でするつもりもない。

「中央を追われた君たちに、なぜそんなことがわかる」

「腐っても俺たちは皇帝一族だぜ、中央の情報は入ってくる。それがたとえ、一級の軍事機密でも、教えてくれる人間はいる。叔父上に近い人間にも、ショウに味方してくれる者は存在しているからな」

これはもちろん嘘だ。中央に味方なんていないが、そう思わせておいた方がシャドウストーンへの牽制になる。

「魔導武器と共に中央に行けば、いくら兵がいようとも、制圧など造作もない。ドロゴの味方が挙兵する前に、すべてを終わらせることができる。あんたらも一緒に――いや、手を出さないでいてくれりゃあ、それだけでいい」

「いや、我らも味方に加わろうアーヴェル。新たな皇帝にシャドウストーン家が恩を売るのも、悪くはない話だ」

クルーエルが本当の意味で味方になるとも思えないが、少なくとも両家の敵意は薄れ、俺は無事に北部へと戻れることになった。だが、フェニクス家とシャドウストーン家。互いに慣れはしたが、互いに心を許したわけではなかった。

俺とジェイドの交換は、双方の家の中間地点の街の、小さな宿屋で行われることになった。シャドウストーン家からはクルーエルが、フェニクス家からはショウとセラフィナがやってくる。俺を見た瞬間、セラフィナが飛びついてきた。

「アーヴェル！　会いたかったよー！」

セラフィナの歓喜はそれはそれは凄まじかった。俺の服に顔を埋めてすり寄せる。

「ほんとうに、すごくさみしかった。アーヴェルもさみしかった？　フィナに会いたかった？」

「ああ、寂しかったし会いたかったよ」

言うと、セラフィナは満足げに笑い、それから俺に抱きついて、離そうとしなかった。その様子を、クルーエルは無感情で見つめ、ジェイドはため息を吐いて顔を背けた。

「こちらは問題なかったよ」

ショウがねぎらうように俺の肩を叩く。

「ああ、こっちも特にな」

それは嘘だが、後でゆっくり話し合えばいいだけだ。

周囲には親族の集まりだと思わせながらも、実際はもっと陰鬱とした会食を、俺たちは行った。特に盛り上がるはずのない昼食を全員でとった後、それぞれの家へと戻ることになっていた。

ジェイドが便所に立った瞬間、後を追うように俺も続く。この宿屋の便所は外にひとつ設置さ

れているのみで、俺にとっては都合が良かった。

「ジェイド」

「うわっ！」

背後から声をかけると奴は驚愕の表情で振り返り、俺を見ると明らかに不愉快そうに目を細めた。

「なんだ、貴様か。声をかけるなら場所くらい弁えろ。セラフィナには手をあげていない。危惧しているなら本人に聞いてみろ」

ジェイドは腕を組み、不服ともとれる表情を浮かべながらそう言った。

「違う」

ジェイドが大人しくフェニクス家に留まっていただろうことは、セラフィナの様子から容易に想像できた。長くおしゃべりをしているとクルーエルに怪しまれるだろうと思い、手短に伝える。

「ジェイド、井戸を探れ。エレノア・シャドウストーンの死には、何かある」

「貴様、母を愚弄する気か！」

怒りは想定内だ。だが付き合ってやる時間もない。

「真面目な話だ。お前は信用できる。だから言うんだ。井戸を探れ。だが開けると多分死ぬから、気をつけろ。あの井戸に、呪いがかけられていることは間違いないんだ。それが誰によるものか、どんな性質なのかを知りたい」

「なぜそんなことを言う」

ジェイドは声を低くする。俺の話に興味を抱いた証拠だ。

「わかるだろ、俺たちは家族になるんだ。家族のことは知っておきたい。だが、父親と兄には気取られるなよ」

ぎょっとしたようにジェイドは目を見開く。

「何を……」

「同情はする。お前も被害者といえばそうだ。俺ん家《ち》も普通じゃねえが、お前の家もおかしいぜ。息子が娘に、弟が妹に暴力を振るって、それを怒らずにいるのはどう考えてもまともじゃない。お前の苛立ちを父と兄が受け止めず、幼いセラフィナで解消させているのがおかしいって言っているんだよ。次に会う時は、セラフィナに謝れよ。じゃないと、俺がお前を殺すぜ」

と言って笑いかけると、ジェイドは青ざめた顔をして黙り、用も足さずに戻っていった。


準備は、着実に進んでいた。セラフィナの十歳の誕生日が過ぎた頃、俺は北部の魔法専門高等学園へと入学した。当然魔力だけでいえば、前のように一発で卒業するだけの能力はあったが、目的は勉強にはない。極東統括府長の娘、リリィ・キングロードに近づくことが、俺の目的だった。

学園の研究棟の一角に、彼女はいた。白衣姿で研究に没頭するリリィは、俺を見るとにこりと笑う。

「あら、アーヴェル。あなたがこっちに来るなんて珍しいわね」

はつらつとした笑顔は相変わらず綺麗だ。心の奥で情と罪悪感が疼いたが押し込める。今の彼女との関係は良好で、互いに抱くのは友情だけでいい。世間話をいくつかした後で、俺は問いかけた。

「父親と連絡は取っているのか」

「お父様？　ええ、長期休みの時はいつだって会っているし、仲良しよ。……お父様に何か用なの？」

「いいや別に、親父とも仲が良かったって聞いたことがあったからさ」

はぐらかしながらも、俺は言った。

「今度俺の家に来いよ。兄貴の誕生日が近くてさ、お祝いをしてやろうと思ってるんだ。人数が多い方がいいだろ」

適当に考えた口実だったが、聞いたリリィは優しく目を細める。

「噂はあてにならないものね」

言葉の意味を図りかねていると、リリィは続けた。

「北のフェニクス家の兄弟仲は良くないって、聞いたことがあったから。つまらない噂だって、よくわかったわ」

実際、仲が良くなかったのだから、噂というのは存外あてになる。

じゃあ日が決まったらまた誘いに来ると告げ、立ち去ろうとした時だ。リリィのからかうような声がした。

「なんだ、本当にただのご招待だったのね。口説かれるのかと思ったわ」

なんと答えていいのかわからず、肩をすくめてみせた。

「俺には婚約者がいるからな。もしいなかったら、そうしていたかもしれないけど」

「セラフィナ・シャドウストーンね、もちろん知っているわ。アーヴェルは彼女が可愛くて仕方ないのね？」

「まあ、もう愛しちゃってるからさ」

もしセラフィナと他の誰かの命、どちらかを取るという状況に陥ったとしても、迷わず俺はセラフィナを取るだろう。俺の返事を聞いたリリィは楽しそうに笑っている。

「いい関係なのね。確かに、不思議なんだけど、わたしがあなたと恋人になっても上手くいかない気がするわ」

邪気の欠片もないその笑みに、罪悪感を覚えないわけではなかった。キングロード極東統括長を抱き込むことができれば、俺たちはさらに勝ちに近づく。リリィと親しくするのは、その足がかりだった。

リリィにショウの誕生日会を開くと言った手前、何もしないわけにもいかず、夏が始まりかける頃、開催することになった。

セラフィナはうきうきで、使用人と一緒に家中を飾り付ける。そんなことをしなくても、俺が魔法で適当にやっとくよと言ったら、彼女は大きなため息を吐いた。

「こういうのはセンスが問われるんだよ？　アーヴェルの魔法がどんなにすごくたって、センスがなくっちゃ意味ないもん」

最近セラフィナは生意気だ。外見にも気を遣うようになってますます可愛くなったし、俺と兄貴とで、セラフィナが欲しいと言ったものはなんでも買ってやるから図に乗っている。それでいいと、俺たちも思うままに彼女を甘やかしているのも一因ではあるのだが。

とはいえまだ子供ではあり、初めて会う人間に、そわそわと落ち着かない様子も見せていた。飾り付けの邪魔になるからと部屋に押し込まれたため、ソファーで適当に暇を潰していると、準備を終えたのか、セラフィナがやってきて隣に座った。

「リリィってどんな人？　仲良くなれるかなあ」

「なれるさ。前の世界じゃ、すごく仲良かったんだぜ」

「アーヴェルもリリィと友達だったの？」

「ああ」

度々、眠れないと言っては夜になると俺のベッドに潜り込んでくるセラフィナに対して、寝物語にと語って聞かせていた過去の話は、適度に脚色し、都合の悪い部分は伏せていた。リリィと俺が婚約していたこともそうだし、ショウとセラフィナが恋人だったことも言っていない。いつかは告げるかもしれないが、今ではないのだ。

「誕生日会、楽しみ。アーヴェルの誕生日も、いっぱいお祝いしようね！」

抱きついてきたセラフィナを膝に乗せると、目線が同じ高さになり、丁度いい位置にきた額にキスをする。彼女の顔が真っ赤になった瞬間、部屋の扉が開き、ショウがやってきて、俺たちを見て苦笑した。

「取り込み中のところ悪いが、客人たちがやってきたぞ。さあ、パーティ開始だ」

客としてはそれなりに多くの人が集まったが、来てほしかったのはリリィただ一人と言っていい。招待客を北部にいる人間に限ったのは、でなければ皇帝一家に声をかけなかった理由が立たないからだった。

屋敷へと来たリリィは、学園の様相とは異なり、一際の美しさを放っている。俺とショウを見て丁寧な挨拶をした後で、同じ時刻にやってきたらしいジェイドを見て言った。

「ジェイド、あなたもいたのね？」

じろりとジェイドはリリィを見る。

「いては悪いのかキングロード」

ジェイド・シャドウストーン、こいつもいるのだ。

ジェイドは再び、北部の学園へと入学していた。北部に来た理由を尋ねると奴は言った。「父上の提案だ。北部に近い場所に俺がいて、親しい交流が続いているように見せれば、父上や兄上が北部に調査に出かけても、回遊だと思われ怪しまれることはないからな」と。つまりそれだけのために、ロゼッタは息子を北部へ派遣した。父親に顎でこき使われる状況をジェイドがどう思っているのか、俺は知る由もない。

ジェイドの言葉を聞いたリリィは吹き出した。

「いていいに決まってるでしょう。そうじゃなくて、どうせ学園の寮から来たんだったら、一緒に来れば良かったなと思っただけよ」

朗らかに笑うリリィに、彼女が男女共に人気がある理由がわかった気がした。捻くれた性格のジェイドでさえ、悪い気はしていない様子だ。ショウが進み出て、リリィに笑いかける。

「キングロードさん、弟から話をいつも聞いていますよ。学園でアーヴェルが迷惑をかけていませんか？」

「まさか、いつも仲良くしていただいていますわ」

「よろしければ、後で屋敷を案内しますよ」

リリィも微笑み返した。パーティは滞りなく進んでいく。セラフィナも子供なりに客をもてなしていたし、俺とショウも、客たちに一通り挨拶して回った。

そうしている中、ふとジェイドの姿が見えなくなったことに気がついた。姿を探すと、生け垣の陰のベンチで一人いるのを発見する。

「おうジェイド、さぼりか」

「人が多い場所は好かん」

そっけなく答えるジェイドに、察しがついた。

「お前の親父に、俺たちの目的でも探れと言われたか。それで良心の呵責《かしゃく》にいたたまれなくなって、一人脱出したってところか？」

ジェイドは驚いた表情で俺を見た。図星か。俺はジェイドの隣に腰掛けながら言った。

「これは本当にショウの誕生日を祝いたかったから開いただけだ。お前は俺の義理の兄になるし、学園じゃ声をかけ合う仲だし、友人だと思ってる。だから呼んだ。それだけだ」

それだけじゃないが、そう言った。

「ああ」

腑抜けた返事をしたジェイドに、俺は再び話しかける。

「……なあジェイド。時が戻ると魔力が高まるかどうか、お前ならわかるか」

疑問に思っていたことである。ジェイドは優秀な奴だし、俺以外の魔法使いの考えが知りたかった。じろり、と睨まれる。

「大馬鹿なのか貴様。時が戻るなんてあり得ない。暑さで脳がついに溶けたか」

「仮定の話だよ。もしも遊びって、子供の頃やらなかったか？」

「やらなかった」

確かにこいつは友人が少なそうだ。

「じゃあやろうぜ」

舌打ちをしつつ、ジェイドは言った。

「お前からやれ」

ならば、と俺は持論を語る。

「考えられるのは、精神の連続性だ。魔力は精神力に比例するから、時が戻って精神力が増し、魔力が強くなるんじゃないか」

む、とジェイドは唸った。

「それだけじゃないかもしれない。時が戻ったという記録は、たった一例だけあるだろう。古代の眉唾ものの歴史書だが、その記述を信用するならば、他者にしか効果のない魔法だ。自分ではない誰かに魔法をかけさせることになるだろう？　他者の魔法がつなぎになって、さらに自己の魔力が上乗せされる——結果魔力は倍々になり、だから時が戻れば戻るほど、強まるんだ。どうだ？」

「未来でかけた魔法が時を越え、過去に継承されるなんてあり得えちゃうの？」

術者が死ねば、魔力は消える。魔導具は例外だが、人は魔導具ではない。

ジェイドは俄然乗り気になってきた。こいつもバレリーと似ているところがあり、本性は生粋の魔法馬鹿で、この手の話題が好きなのだ。

「例えば、こうは考えられないか。肉体にかける魔法と精神にかける魔法があるのだから、精神にかけられた魔法は、肉体が消失しても、精神にひっついて時を超えるのかもしれない」

「肉体よりも精神にかける魔法の方が、遙かに高度だろう。そうほいほいとできるのか？」

俺の問いに、ジェイドは眉を顰《ひそ》めた。

「仮定の話だろう？　そう真剣に問われても、俺にはわからない」

よもや俺が過去に戻ったなどと気取られるはずもないが、これ以上興味を持つと、怪しまれるかもしれない。雑談はこれくらいにして、ジェイドに再び問いかけた。

「ところでジェイド、井戸は探っているんだろうな」

「ああ。だが父と兄に怪しまれないようにするのは骨が折れる。そう簡単には進まないんだよ」

「頑張れよ。人の背後を取るのは得意だろう？」

意味がわからないらしく、一瞬だけジェイドは薄気味悪そうに俺を見た後で、言った。

「あそこにあるのは死体だ」

驚く俺に、ジェイドは口元をわずかに歪めた。笑ったつもりなのかもしれないが、ぎこちない笑みだった。

「……冗談だ。だがどうやら母があそこに身投げしたらしいことは、辞した使用人から聞き出した。あれは母の墓も同然だ、死者の秘密を暴きたくない」

井戸の調査を進めない理由は、そちらの方が本音に思えた。

「自死したのか？」

あまりのことにそれ以上の問いが重ねられない俺に対して、ジェイドは別のことを言う。

「なあアーヴェル。セント・シャドウストーンの人間が、なぜ皆、魔法が使えるかわかるか」

「魔法使いじゃなかったら殺すんじゃないか」

ジェイドの顔が引きつった。

「……恐ろしいことを言うな。セラフィナは生きているだろう。そんなことをするはずがない。あれは――」

と、ジェイドが言いかけた時だ。生け垣がガサリと音を立て、俺たちは会話を中断する。だが現れた人物に警戒を解いた。息を弾ませたセラフィナがやってきて、俺を見て目を輝かせた。

「アーヴェル！　ここにいたの！」

だがセラフィナの視線がジェイドに動いた時、彼女は黙り込んだ。ジェイドにしても、何も言わずに立ち去った。奴がいなくなったのを確認してから、セラフィナは俺の隣に座る。兄妹間の感情は俺の知らないところが多い。ジェイドの去った方へ目を向けたが、すでに奴の姿は見えなかった。

パーティもお開きになり、宿泊以外の客を見送っていた時だ。帰る間際に、リリィは親しげにショウに言う。

「今度、父にも会ってください。ローグ様がいかに素晴らしいお方だったか、父はいつも自慢するんですよ。ローグ様の部下でしたから、今でも尊敬しているんです。それにショウさんのお話もとても面白かったもの、きっと盛り上がると思います」

「ええ、ぜひ。私もリリィさんに、またお会いしたいですから」

あれ、朝は姓を呼んでいたよな。言われたリリィは、ぽっと顔を赤くする。んん？　ちょっとリリィちゃん、俺にそんな顔見せたことあったっけ。

彼女が馬車に乗り込むのを確認した瞬間、俺は兄貴に言った。

「手、出してないだろうな？」

「ああ、もちろんさ」

爽やかな答えだが、実に疑わしい。

「すけこまし野郎め」

俺の言葉に、愉快そうに声を上げてショウは笑った。

俺たちが今までの世界とはまったく違う動きをしているせいだろうか。変化はまだ起こっていた。

その日、俺たちはロゼッタに呼び出され、セラフィナを北部に一人残し、彼らの屋敷へと赴いた。シャドウストーン家の面々は、客間に皆揃っていた。だがいたのはそれだけじゃない。クルーエルの隣で、ぽつんと所在なげに立っていたのは、あろうことか天才少年バレリー・ライオネルだったのだ。

「はじめまして、ショウさん、アーヴェルさん」

この世界では、当然ながら初対面だ。緊張しているのか、表情は硬く、まだ子供の彼の顔には、幼さが残る。

バレリーがなぜここに？　疑問を口にする前に、クルーエルが言った。

「彼はあと少しで中央の学園を卒業する、バレリー・ライオネルだ。彼の魔力は確かで、役に立つだろう。我々に加えようと思う」

「正気かよ、まだ子供だぜ」

俺の驚愕を、ロゼッタは鼻で笑う。

「君とジェイドも、同じようなものだろう。問題があるのかね？」

確かに俺の体はまだ子供だ。だが精神は大人である。ジェイドは生粋の子供だが、シャドウストーン一族の一員で、他人のバレリーとは勝手が違う。俺が困惑のままさらに口を出す前に、バレリーが言った。

「僕は、皇帝が誰であろうと興味はありません。でも、時の為政者に従って、反乱に自分が巻き込まれるのはごめんだ。シリウス様は僕を買ってくださるけれど、彼の側にいて僕もあなた方の敵だと思われるなら、初めからこちらの仲間になっていた方がいいと思ったんです。帝都の鋭敏な人間は皆悟っていますよ。最近、北部とシャドウストーン家の距離が急速に近くなったって。これから先、北部に味方する人間も多く出てくるはずでしょう。誰しも乗りたいのは勝ち馬の方だ」

なんて大人びた奴だろうか。俺はショウと、思わず顔を見合わせた。

反乱の動きに気づかれやすくなる諸刃の剣かもしれないが、帝都でそう思う人間がいるのならば、こちらに寝返る人間も、早い段階で出てくるかもしれない。

すでに話がされているなら、俺たちにどうこうできるはずがない。だが相談もなしにほいほい協力者を増やされて面白いはずがなかった。

俺たちの気も知らず、バレリーは微笑む。

「皆さんは、中央にいつ挑むおつもりですか。まさかすぐってわけじゃないでしょう？　だけどまごついていたら、勝機を逃す」

仕方がなしに、俺が作戦の概要を話すと、バレリーは神妙な面持ちになる。

「数年後、魔導武器が北部に……」

魔導武器は言い訳にすぎず、本当は国民意識の醸成を待っているのだが。

魔導武器は北部を見張るために配備されたものでもあり、それが配備されるということは、北部に魔導石が埋まっているとシリウスが突き止めたということだ。シリウスが今回同じように突き止めてくれるかはわからない。だが、気づいてもらえなければ、上手く誘導する他ない。

「でも一方で、時間をかければかけるほど裏切りが出ると思います」

バレリーの言葉に、俺は周囲を見渡した。確かに裏切りそうな奴しかいない。この場で本当に信頼できるのはショウだけだ。

「それで何が言いたいんだね、少年？　我々が背信するとでも？」

バレリーはロゼッタにも怯むことはなかった。

「可能性は誰にだってあります。だって数年ですよ？　人間関係も考えも変わる。目指すのは完全な勝利でしょう？　裏切りが出たら、せっかく準備した意味がない」

「だから貴様、何が言いたい！」

声を荒げる短気なジェイドに、バレリーはにこやかに答えた。

「血族の誓約」

ふいに、窓の外が陰り、部屋の空気が冷えたように感じた。誰もが一瞬黙り込む。

「僕は古代の魔法について調べるのが趣味で、誓約を完全に再現することができます。もっとも、皆さんには釈迦に説法かもしれませんけど」

「……病気になりそうで嫌だな」

「貴様が一番怪しい」

俺の感想に舌打ちをしたジェイドは、窺うように自身の父親を見た。

「父上、いかがされますか」

「いいだろう、やろうではないか。これで私たちが味方であると、フェニクス兄弟も信じるだろう？」

ジェイドは表情を曇らせた。

「しかし、父上。ショウ・フェニクスは魔法使いではないでしょう。誓約はできない。この男が俺たちを攻撃しない保証はありません」

ショウが眉を顰めてジェイドを見た。クルーエルが侮蔑したような声を出す。

「魔法が使えない人間が、我々を攻撃できるはずがないだろう。彼が加わらなかったとしても、なんら問題はない」

馬鹿にしたようなクルーエルの言葉を、俺は苛立ちを抑えながら遮った。

「俺たちを忘れてもらっちゃ困るぜ。俺たちフェニクス家に意見を聞いてないのに、ぽんぽん話を進めるな。この戦いの主役はショウ・フェニクスだぜ」

俺たち不在で話を進められるのは不愉快だった。だが兄貴は、困り果てたように俺を見ている。

「聞いてもいいか、『血族の誓約』とはなんだ？」

「古い魔法で、強い魔力がないと発動しない。だが俺たちならいけると思う。……血と魔力を水に込めて、それぞれ飲み合えば完成だ。飲んだ人間は、互いに攻撃できなくなるのが利点だ」

潔癖な俺はそれだけで恐ろしい。誰が好き好んでこいつらの血を飲みたいのだろうか。

「攻撃するとどうなる？」

「死ぬ」

ショウが目を細め、魔法使いたちを見回し「なるほど」とそれだけ言った。

現代じゃこんな魔法、誰も使っていない。つまるところ、互いの頭に拳銃を向け合うと同義であり、信頼関係がまったくないと、表明するようなものだ。だが絆などない俺たちの間に、この誓約は確かに効果的だろう。ロゼッタが薄く笑いながら俺を見た。

「それでアーヴェル・フェニクス。君の答えは？」

「まあいいぜ、やろう」

これでシャドウストーンからの安全が確保されるならば、確かに悪くない提案に思えた。「結局同じじゃねーかよ」と、ぼそりとジェイドが呟いた。

グラスに入った水に、順番に血と魔力を込めていった。まず言い出しっぺのバレリーが飲み、次いでロゼッタ、クルーエル、ジェイドが飲んだ。

「お前の番だ、アーヴェル」

差し出されたグラスの中の水は、それぞれの血に濁っている。何も考えないようにして、鼻をつまみ、液体を飲んだ。彼らの魔力が体に流れ落ちてくるのを確かに感じ、おぞましさが全身を駆け抜けるが、吐き出さないように気を鎮めながら口元を拭う。満足そうに、バレリーは言う。

「誓約は結ばれた。僕らは、これで誰も攻撃できない。北部に魔導具が配置されるのが、作戦開始の合図ですね。それまではモラトリアムだ」

心なしか、ほっとしているようにも見える。この場でバレリーの味方はおらず、一番安全が確保されたのは、こいつなのかもしれない。

帰る間際になって、シャドウストーン家の奴らの眼を盗み、俺はバレリーに話しかけた。

「ありがとうなバレリー。協力してくれて」

今日が初対面になる彼だが、どんな時も俺は友人だと思っている。振り返った彼は、ぎこちなく微笑んだ。

「礼なんていりません。両家に恩を売っておけば、今後、自分の利になると思ったからここに来ました。僕は皆さんと違って後ろ盾なんてない。我が身を守れるのは自分だけなんです」

でも――、と今度は心から笑った、ように感じた。

「アーヴェルさんと友人になりたいのも本心です。これからよろしくお願いします」

もちろんだ、と俺も答えた。彼が味方でいてくれるのは、心強いことだった。

数年が経ち、俺は十九歳になった。

予感していたことではあるが、北部に魔導武器の配備はなかった。シャドウストーンが仲間になった今、シリウスとドロゴに、魔導石目当てに魔導武器の配備を囁く人間がいないのだ。やはり時が戻る前、シャドウストーンが俺たちを嵌めようとしていたことは間違いない。今回同じように奴らに囁いてもらう手は使えない。俺たちの交渉のカードの魔導武器の配置が、そもそもなかったと伝えるようなものだからだ。

だがいくらでも解決策はあるとショウは言う。

「リリィの父親に、頼めばいいさ」

パーティ以降、キングロード極東統括府長とショウは何度も会い、両家の絆をせっせと結んでいた。ショウに前皇帝ローグを重ねているのだろうか、リリィの親父は実に協力的だった。

彼はショウの言う通りに、ドロゴに耳打ちをした。魔導石が山々にあると睨み、発見するために北部に歩み寄ったのだというシナリオを、阿呆の叔父上はすんなりと信じ、数週間後に、北部統括府に魔導武器が配備された。

巨大な武器を見て、兄貴と顔を見合わせ頷き合う。

——さあ、反逆開始だ。

北部の反乱の宣言は、おそらく国中を震撼させたことだろう。まさかドロゴの甥が背くとは、誰も思っていなかったのだ。

ドロゴが兵を派遣したのは反乱から数時間後で、動きとしては決して遅くはなかったが、戦闘は、俺たちが思っていた以上に、一方的な展開だった。

乗っ取った魔導武器を使うまでもなく、数日で中央へと戦線は下っていく。反戦を掲げるショウに、付き従う人間は多かった。前皇帝ローグの面影をショウの中に見たのか、国民の期待は大きかった。

人々を中央から北部へと改宗させた極めつけは、ロゼッタ・シャドウストーンの表明だ。

「皇帝ショウ・フェニクスに従う」

公国から動かなかったロゼッタだが、この言葉だけで十分だった。

焦ったドロゴは大勢の兵が駐屯する極東統括府に助けを求めたが、キングロードは動かない。

数年かけて築き上げた対中央への包囲網は、今になってその本領を発揮していた。

順調に進軍を重ねたが、帝都付近の平原で、兵力は一時拮抗した。

とはいえこちらには俺とバレリーと、そしてシャドウストーン兄弟と彼ら一族がおり、この国で優秀と言われる魔法使いの上澄みが勢揃いしていた。このまま押せばいいと思うが、その点について、ショウは否定的だった。

「進軍すれば、危機を察知したドロゴとシリウスが逃げかねない。地方に下がり、そちらを首都にしたなどと言われたら、いたずらに争いを長引かせることになる。ならば一時拮抗――あるいはこちらを劣勢に見せて、攻め込ませたところを迎え撃ち、一気にカタを付けた方がいい」

兄貴は優秀な指揮官だった。だから、わざと、戦線を北部へと下げた。長期戦をする気はない。あと数日で、俺たちは中央政府に成り代わるつもりだった。

それは、そうやって戦闘が膠着した折の晩だった。夜は魔法使いが二人ひと組で見張りについた。俺が見張りにつく時はセラフィィナも一緒に過ごしていたから、三人ひと組になるのだが。十五歳になったセラフィナはますます美貌に磨きがかかり、こんな殺伐とした戦場においても人目を惹きつけていた。

物音といえば、森から響く木々のざわめきくらいな晩だった。雲が厚く、月も星も見えず、風が時折強く吹く、そんな夜だ。俺とセラフィナは兵士たちのテントから離れ、森に近い場所に件の魔導武器を立て、その足下に座っていた。俺の膝に頭を乗せ、寝息を立てはじめたセラフィナに、上着をかけてやる。邪気のないその顔を見つめていると、ふいにかつての自分が彼女にぶつけた言葉を思い出した。

――君が死ねば良かったんだ。

それはまだ時が戻る前の、俺の暗黒時代の記憶だ。ショウが死に、セラフィナと敵対し、自暴自棄寸前の腐った男の言葉だった。

何も知らないくせに何もかも悟ったと思い込んで世間を穿って見ていた愚かな男が、彼女にそんな言葉を言い放った。その瞬間の、彼女の瞳を、今でも思い出せる。俺がセラフィナの心を殺したのだ。ナイフを突き立て切り裂いた。

彼女に抱くのが、贖罪か義務か罪悪感か、愛なのか、俺には判断できなかった。言ってしまえばそれらすべてであったし、そもそも区別が必要なのかさえわからない。

彼女の髪の一房を持ち上げてキスをした。憂いなく眠ってろ。もう誰にも、俺自身にさえも、お前を傷つけさせはしない。

セラフィナが深い眠りに落ちた頃、見回りをしていたバレリーが戻ってきた。

「こんばんは。異常はありませんでしたよ」

そう言いながら、俺の隣に腰掛ける。彼の濃い茶色の巻き毛が、額にかかっていた。

「お疲れバレリー。大丈夫か、顔色悪いぜ」

「……もう少しの辛抱ですから、問題ありません」

連戦の疲れか、このところのバレリーはひどくやつれたように思う。バレリーは俺とセラフィナを交互に見て、小さく笑った。

「本当にお二人は仲が良いですね。僕、アーヴェルさんとセラフィナのこと、結構好きですよ」

思わず笑いが漏れた。

「俺もお前のこと、結構好きだぜ」

間を置かずそう答えると、彼にしては珍しく、照れくさそうに微笑んだ。

十六歳の彼は子供の頃と同じく落ち着いた青年に成長していたが、時折見せる屈託のない笑顔は素の表情に思えた。気の合う年下の親友だ。いつだって、彼はそうだった。

それからバレリーは何かを言うでもなく、ただ静かに、俺の隣に座っていた。心地の良い空気が流れ、ここが戦場であることを忘れそうになるほどに、穏やかで、印象深い夜だった。


数日後に、シリウスが大将として戦場に出てきた。兄貴の予見通りに、勝てるとでも確信したのだろうか。平原で待っていた俺たちに、大軍が向かい合う。だが負けるつもりはさらさらない。

シリウスの居場所は間抜けにも皇帝の旗が立っているからバレバレだ。圧倒的有利な戦況を丘の上の高みから悠々と見物している――自己顕示欲ばかり肥大した従兄弟殿がいかにも好きそうな光景だった。

平地の戦場はそのままに、俺とジェイドで木々の間を駆け上った。戦場、それ自体を、囮に使った。強くなりすぎた俺の魔力のせいで可能になったが、たった二人で大将のもとへ出向くなんて狂気の沙汰だ。まごうことない奇襲であり、相手からしたら俺たちはさぞ脅威だろう。

相手陣営に着くなり、間を置かず見張りの兵たちを殺し、一番大きなテントを吹き飛ばし、唖然としてこちらを見るシリウスを捕縛した。あまりにも呆気ない。

おいおい、冗談よせよ、これがこの大帝国の皇子だって？　勘弁してくれ、何かの間違いだろ。

敵兵たちは劣勢を悟り、撤退していく。戦場には、俺たちの勝利だけが残った。

目下の課題は、従兄弟殿の始末だった。こちらの本陣に連れてこられ、縛られたままショウの目の前に引き出されたシリウスは、怯えたように俺たちを見上げた。

「やあシリウス、君のパーティぶりだ」

兵に囲まれて地面の上に無様に座るシリウスに向かって、ショウは穏やかに語りかける。愚かなシリウスは、やはり愚かにショウに命乞いをした。

「ショウ！　優しい君なら僕を助けてくれるだろう！　子供の頃はあんなに仲が良かったじゃないか！　愛情を忘れてしまったのか！」

ショウは、慈悲深いとさえ思える笑みを浮かべると、レッグホルスターから回転式拳銃を引き抜き、シリンダーから六発の弾を取り出した後でわざわざ三発詰め直し、泣くシリウスを見つめて楽しそうに告げた。

「――三発だ。君は私を三回殺したから、私が君に撃ち込む銃弾も、三発にしておこう」

シリウスの表情が凍り付くのを見た兄貴は再び笑うと、間髪入れずに弾を放った。弾はすべて地面に着弾し、体にかすりもしなかったが、恐怖が最高潮に達しでもしたのか、シリウスはその場に失神した。

兄貴の顔に、もう笑みはない。

「当初の予定通り人質だ。縄で繋いで見張りをつけておこう」

シリウスは、俺を含めた魔法使いが順番で見張りにつくことにした。初めはバレリー、次いでシャドウストーンの兄弟だ。夜の見張りに加わるルーティンだが、この忙しなさもあと数日だろう。

見張りの順番が回ってくるまで、俺は兄貴のテントに二人きりでいた。確かめたいことがあったが、どう切り出していいのかわからず、数十分、無言だった。だが寡黙に銃の手入れを続ける兄貴を見ていると、無性に話しかけたい衝動に駆られる。

「なあ兄貴、シリウスと敵対して悲しいか。捕虜にするまでに至って、残念に思うか？」

兄貴は手を止め、俺を見る。

「……いや、それが一種の爽やかささえ覚える。青空の下、そよ風の吹く中でピクニックしているかのように清々しい気分だ」

「俺もだ」

顔を見合わせ、俺たちは笑った。そうして、問うなら今しかないと、思った。

「なあショウ。いつからだ。いつから記憶が戻ってるんだ」

兄貴の顔から笑みが消えたのを、俺は確かに見て取った。

確信する。兄貴には、過去の世界の兄貴自身の記憶があるということを。

「私の頭の中にあるのはお前の記憶で、私自身のものではない」

「嘘だ。さっき兄貴は、シリウスに三回殺されたと言ったが、俺が知るのは二回だ。確かに兄貴は三回死んだよ。でも一度はジェイドが実行したんだと思ってた」

兄貴自身の記憶がなければ、三回という言葉が出てくるはずがない。

「ジェイドが殺した一回も、シリウスが命じていたのか。兄貴は、それに気がついていたのか？」

「言葉の綾だ。冷静じゃなかったんだ」

とてもそうは思えない。さっきの場で、兄貴は誰よりも冷静だった。

「なあショウ。俺に嘘は吐かないでくれ」

一瞬、兄貴は怒っているんじゃないかと思った。それほど、感情の読み取れない表情だった。

だがやがて、悪戯がばれた子供のようにばつの悪い顔をして、苦笑した。

「……そう、記憶がある。あるよ、確かに」

愕然とする以外どうしたらいいいんだ。

「いつから――」

「明確にここという日はない。冬が終わり、雪がじっくりと溶けるように、お前にお前自身の記憶を見せられた日から徐々に、自分の記憶が蘇ってきているんだ」

じゃあ数年も前からじゃねえか。俺は少しも気づかなかった。以前ショウは、何かのきっかけで記憶が戻ることがあるのかもしれないと言っていたが、それが自分自身に起こっていたのだ。

「だったら、どんな思いで俺とセラフィナを見てたんだよ。あいつと兄貴は恋人だった。俺が言うのもなんだけど、兄貴はセラフィナが好きだったし、セラフィナも、兄貴が好きだったんだと思う。その記憶があるんだったら、今だってセラフィナを愛しているんじゃないのかよ」

恐る恐る口にした俺の推論を、兄貴はあっさりと認めた。

「好きだよ。だがアーヴェルから奪うことは望まない」

ショウは椅子から立ち上がると、兄貴然とした態度で、俺の髪をぐしゃりとなでる。

「お前の想いは、わかっていた。本当は彼女の視線が誰を追っているのかいつだって気がついていたのに、初めから、彼女をお前のところへ行かせなかったのは、私が彼女を愛したからだ。馬鹿みたいだろ。お前に勝てる見込みなどなかったのに、それでも彼女を手放せなかった。これは私の後悔のひとつだ。悪かったな、今まで言わなかったのは、こんな弱さと情けなさを、お前の前で露呈したくなかったからだ」

馬鹿だとは少しも思わなかった。兄貴が謝る道理もない。

「違うよ兄貴」

「違わないさ。……考えたんだ。私は彼女のために死ねるだろうかと。死ねると思う。彼女を今だって、深く愛しているから。だが彼女は？　セラフィナは、私のために死ねるだろうか。私は答えを知っている。彼女は私のために、命を懸けることはない」

「違うよ」

「違わないよ」

再び同じ問答を繰り返した後で、兄貴は言った。

「昔、恋人がいたんだ。十代半ばで、二人とも熱くなっていた。だが彼女は魔法使いで、私はそうではなかった。結局、彼女の両親は私との結婚を許さずに、彼女は別の男と今は結婚している。もう二度と、誰かを好きになることも、心の底から何かに打ち込む情熱を持つこともないだろうと思っていたが、アーヴェルとセラフィナに、そうではないと教えられた」

知らない話で、少なからず驚いた。兄貴は恋人がいても、その影さえ家では匂わせたことはなかった。

「セラフィナを初めて見たのはシャドウストーンの屋敷で、商売の話を持ちかけた時だった。まるでこの世に楽しいことなどひとつもないと決め込んでいるかのように陰鬱とした表情で、庭で一人でボールをついていたよ。その姿が、どうしようもなくお前と重なったんだ。会話さえない弟の、寂しげな姿と。どうにかしたいと、ほとんどそれは衝動だった。なあアーヴェル、私の記憶も流し込めたらいいのにな。私がどれほど二人を大切に想っているのかが、そうしたら伝わるだろうか。私は冷静か？　いいや冷静じゃない。ずっと心は燃えている。二人のためになんでもすると、私だって覚悟を決めたのだから」

何も答えることはできなかった。人としての格の違いを見せつけられているかのようだった。我が家系にあるまじき人格者だ。こいつ、本当はやっぱり半分だって俺と血が繋がっていないんじゃないのか。

テントの入り口が、声もかけられず乱雑に開けられたのはそんな時だった。現れたのはバレリーで、驚嘆することを告げる。

「来てください！　皇子が死にました！　毒を持っていたようです！」

信じ難かったが、向かうと確かに、シリウスは死んでいた。ジェイドとクルーエルもすでにおり、地面に横たわる死骸を見つめている。

「誰が見張りの時だ」

問うと、皆の視線がジェイドに集まり、奴は言った。

「……俺だ」

「両手を縛られているのに、どうやって毒を飲めたんだ」

かがみ込み、シリウスの死体を調べていた兄貴が、俺を振り返った。

「見ろ、襟が破けている。口で噛みちぎったんだ。内襟に毒を隠し持っていたに違いない」

確かに破けているが、納得できるかはまた別だ。

「こいつが自分で死を選ぶタマかよ、あれほど生に執着してたじゃねえか」

クルーエルが冷徹に言った。

「誰かに仕組まれたとでも言いたいのか、アーヴェル・フェニクス。皇子が死んだのはジェイドが見張りの時だった。ジェイド、お前は皇子に毒を盛ったか」

青ざめながらもジェイドは言う。

「いいや、気づいた時には苦しみ出して、止める間もなく死んだ」

ショウは一瞬だけ黙り、ジェイドとクルーエルを交互に見た。彼らに向かって何かを言うのかと思ったが、そうではなかった。

「人質がいなくなっただけさ。我々のすべきことに変わりはない」

独り言のような台詞だった。

穴を掘り、シリウスを埋めた後で、周囲に聞かれない距離で、兄貴が俺に囁いてきた。

「ジェイド・シャドウストーンは信頼できる人間か」

「普通だったら信頼はできる。だが家と信念だったら、究極的には家を取るような男だと俺は思う」

ショウも頷く。

「アーヴェル」

「ああ、探るよ」

兄貴が皆まで言わずとも、俺も同じ考えだった。

意外なことに、その機会は向こうの方からやってきた。兵たちが帝都に移動する行軍の最中、奴から俺の側に来たのだ。セラフィナはショウと一緒に先頭付近にいて、だからかジェイドが話しかけてきた。

「なあアーヴェル。妹が好きか」

唐突な切り出しだが即答した。

「ああ、心底惚れてる」

何かを告げに来たであろうジェイドに、とぼけたふりをして俺は言った。

「シャドウストーンの中でお前だけだな、積極的に俺の側に来てくれるのは。だけど最近構ってくれなくて寂しいぜ。学生時代はあんなに仲が良かったのにさ」

ロゼッタの調査が終わった直後にジェイドは中央に戻って、俺との友情を一方的に断ち切った。一族のことも、井戸のことも一切語らず、こいつは俺から距離を置いたのだ。

「仲など、別に良くはなかっただろう」

呆れとも嘆きともつかぬため息を吐いた後で、苦悩するようにジェイドは眉間に皺を作った。

「……以前、お前に問うたことを覚えているか。シャドウストーンの人間が、なぜ皆、魔法使いなのかについての問いだ」

「もちろんだ」

なぜ今更こんな話をされているのか知らないが、俺も疑問に思っていたところではある。そこまで高確率で魔法使いが生まれ続ける幸運があるのだろうか。実際、セラフィナだけは違うが、黙って続きを促した。

「確かに魔法使いと魔法使いが子供を作れば、それだけ魔法使いが生まれる確率が高くなる。だが全員そうであるわけがない。……我が家に、昔から伝わる、魔導具があったんだ――。

それがどんな形状をしていたか俺は知らないし、この目で見たことはない。ただ人が持ち運べる大きさだったことと、常識では考えられない量の魔力を溜め、人に分け与えることができるほど精巧な作りだったのは確かだ。それが答えだ、アーヴェル。セント・シャドウストーンでは、赤ん坊が生まれ、魔法が使えないとわかると、その魔導具を使って、その精神に魔法を固着させていた。いわば人そのものを魔力を溜める魔導具にしていたんだ」

困惑は表情に出ていただろう。

「担いでんじゃねえよ。そんなこと不可能だ。人に魔力が固着しないのは常識だろ」

だがジェイドは断言した。

「いいやできる。人に魔法を固着させるには、通常じゃ考えられないほど複雑な術式と莫大な魔力が必要だが、逆に言えば、それさえあれば確実に可能だ」

莫大な魔力とは、セラフィナが得たほどのものだろうか——そこまで考えて気がついた。まさしくジェイドは今、俺との約束を果たそうとしているのだということに。

「おいジェイド。魔導具があった、と言ったのか。今は失われたってことか？　あの井戸に、それが投げ込まれたのか、エレノアと一緒に？」

察しがついて尋ねると、ジェイドは頷いた。

「母の死の理由を尋ねた時、父上は、父上からの愛が得られないと知り絶望したからだと言っていた。だが嘘だ、と思いたい。貴様とセラフィナの関係を見て思うようになった。愛情は、人の生きる糧になるのかもしれないとな。俺は母上を愛していた。その愛は、彼女の生きる理由になったと信じたい」

「俺もそうだと思うぜ」

暗い顔をしていたジェイドだが、俺の肯定によりわずかに表情を明るくした。

「ここから先は推論で、確かめようもないことだが、母上は、魔導具を壊したくて、自ら抱えて死んだのではないか。俺は生まれついての魔法使いだが、兄上はそうではなかったんだ。魔導具により兄上は魔法を得たが、代償があった」

「代償ってなんだよ」

ジェイドは舌打ちをする。

「順を追って話している、聞け。母上は、兄上が無理矢理魔法を与えられてしまったことに、気がついていたんじゃないのか。そうしてセラフィナを妊娠し産んだが、またしても魔法使いではなかった。魔導具により魔力を与えられてしまっては、セラフィナもまた、代償を払う必要がある。だから母上は、魔導具と共に、井戸に身を投げたんだ。セラフィナを守るために――」

普通だったら、妄想だと片付けてしまいそうな話だ。だが俺は、あの井戸に氾濫する魔力が、確かにおぞましさを帯びていることを知っている。

「結果、魔導具は破壊され、意図せず井戸に魔力が氾濫したと言いたいのか。だがな、おかしいぜ。お前の母親は、お前の中じゃ随分聖人のようだが、あの井戸は呪われている。エレノアが呪っているんだろう」

「違う！」

ジェイドが大声を出したため、数人の兵士が俺たちを振り返る。声を低くして、ジェイドは続ける。

「いいか、アーヴェル。ここからが本題なんだ。俺だって数年、遊んで暮らしていたわけじゃない。普通、いくら魔力を溜め込んだ魔導具だとしても、人を魔法使いにできるほどの魔力は溜まらない。与える魔力と、動力の魔力が必要になるからだ。それに溜め込んだ魔力も、使えば当然減っていく。だから魔導具には、定期的に魔力を吹き込む必要があるだろう。どうやって魔力をその魔導具に溜め込んだかわかるか？　セント・シャドウストーンでは、一人に魔力を与えるために、何人もの魔法使いを殺し、魔力を奪ってきている」

こいつ今、さらりと、とんでもないことを言わなかったか。硬直する俺をよそに、熱に浮かされたように、ジェイドは続けた。

「母上じゃない。母上は、むしろ呪いを防いでいる。父上は、俺に事実を隠すために嘘を吐いたのだと思う。井戸には、シャドウストーン死すべきという魔法使いたちの呪いと、我が子を守らんとする母上の祈りが潜んでいる。あの魔導具には先祖代々殺してきた魔法使いたちの呪いが歪に蓄積され、だからこそ魔力を得た人間は、代償を払う必要があったんだ。魂、心、精神——言い方は様々あるが、ともかくその類いのものが、汚染される」

「その井戸から魔力を得た人間がいたら、呪いと祈りを内包する形になるのか。エレノアが守りたいと思った人間がその魔力を浴びれば、呪いは進行せずに魔法を得られるか？」

「いいや、それでも呪いの力の方が強いだろう。一時的に力を得たとしても、やはりそれは、負の魔法だ。呪いの進行は鈍化するかもしれないが、いずれはその者の心を破壊してしまうだろう。そいつが元々、病んでいたならなおさらだ」

ジェイドの目が、胡乱《うろん》げに俺に向けられた。

「アーヴェル、気をつけろよ。貴様が考えているよりも、これはずっと根が深い」

——血のように赤い夕陽を思い出した。いつかもこいつはこんな台詞を吐き、直後にショウは殺された。思い出したくもない、あれは俺の後悔の記憶だ。

「ジェイド、お前、何を知っている。お前、何をした？　お前、シリウスを殺したか」

思ったよりもあっさりと、ジェイドは認めた。

「ああ。父上の命令を受けた、兄上に、命じられて。襟は俺が破った。自殺に見えるように」

覚悟していたこととはいえ、内心、驚きはあったが、努めて冷静に俺は言った。

「なんでロゼッタは、今シリウスを殺す必要があったんだよ」

「皇帝ドロゴをけしかけるためだ。あんな男だが息子への愛情はある。貴様らへの報復を果たすまで、逃げようなどとは考えないだろう。我々が帝都に入った時、皇帝にいてもらわなくては困ると、兄上は言っていた」

それだけのためにか。

「なぜそれを俺に言う？」

ジェイドは苦悶に顔を歪め、唇を噛んだ。

「……皇子を殺した時、二度と取り戻せはしないものを、失ったように感じたんだ。シリウスを殺せと命じた父上に、正義はあったのか――……家に対する裏切りだとわかっているが、心からの悪人にはなりたくなかった」

間違っているとわかっているのに、人一人殺せるものなのか。ジェイドを縛るシャドウストーンの呪縛は、それだけ強大で恐ろしいのだ。

「……セラフィナが生まれた時、母が大切そうに彼女を抱いている姿を見て、俺は兄になろうと確かに思ったはずだった。妹を愛し、守ろうと、決意をしたはずだった。貴様とショウを見ていると、思う。俺と兄上にはない、本当の絆があるのだと。俺と兄上は、お前とショウのようにセラフィナに接するべきだったんじゃないかと、そう思うんだ。だがそう思っている今でさえ、俺は父上と兄上には逆らえないし、セラフィナのことは、やはり苦手だ」

兵士たちの行軍により荒らされた地面からは砂埃が舞う。黄色の煙を見つめながら、ジェイドは言った。

「話が逸れたな、戻すぞ。その魔導具だが、シャドウストーンの繁栄にかかせないものだ。父上は、今それを再現しようとしている」

「井戸から呪いを消し去り、魔導具を回収し修復するのか？」

「あの井戸に、もう呪いはない。誰を代替にしたのかはわからないが、いつの間にか解かれていた。母上が守っているのは自分で産んだ子供だけだ。だから父上が初めは呪いを受けていた。お前たちは気がつかなかったかもしれないが、父上は間違いなく弱っていた。だが、どうやってだか、呪いを解いたようだ」

「だったら魔法使いを、また殺して魔力を奪うのか」

懲りずにまた、それをやるのか。

「ああそうだ。他人事のように言うが、殺されるのはアーヴェル、お前だ」

え、俺？　と、おそらくとんだ間抜け面をさらしたことだろう。

「お前の魔力は常識では考えられないほどに強い。お前一人で、数人の人間に魔力を与えられるだろう。だから父上はお前を殺すつもりでいる」

「ロゼッタは公国だろう」

「いいや……」

ジェイドは拳を握りしめ、自分の足を数度殴った。まるでそうしなければ、正気を保っていられないかのように。

「くそ、父上は公国から動かれた！　帝都でお前を待っているんだ！　お前の魔力がいかに強かろうが、父上の策略には敵わない。俺でさえ、父上が描く地図は、見せてもらえていないんだ」

ジェイドがそう言いきった時だった。瞬間、無言になった。

太陽が真上に近づく眩しい日差しの中、わずかな、異変があったのだ。

俺とジェイドは、ほとんど同時に感じ取ったことだろう。前方、兵士の列の中、不審な動きをした奴が、いた。皇帝側の間者が潜んでいるであろうことは当然承知していて、ショウやセラフィナと離れている今でさえ、彼らを守るために俺は防衛線を文字通り魔法で糸のように張っていた。その網が、異変を教える。

ショウのすぐ近くの兵士が、拳銃を取り出す気配がした。そうしてそれを、ショウに向けてまっすぐ構える気配もした。まさかここまで直接的な行動に出てくる愚者がいるとは思っていなかった。いずれにせよ、馬鹿な真似としか思えない。

間を置かず俺は、その兵士の体を粉砕した。中身が赤くはじけ飛ぶのが兵士たちの合間から見え、悲鳴が上がった。

敵は一人か？　ともかくショウを守らなくては。ショウ目がけて防御の魔法を放った瞬間に、ジェイドが叫ぶ。

「アーヴェル、ショウじゃない！　狙われているのはセラフィナだ！」

ジェイドが、てんで見当違いな場所に向けて攻撃を放つ。それは敵が使ったらしき魔法に当たり、空中で大きな花火を散らした後で、かき消えた。

「――ごほっ」

唐突に、ジェイドが大量の血を吐き出した。ジェイドはもがき苦しみ出す。

俺は自分の思い違いを知る。信念と家だったら、こいつは信念を取る男だったのだ。

馬鹿か俺は！　今はそんなことを考えている場合じゃない！

「ジェイド！　今すぐ攻撃を止めろ‼」

だがジェイドは、何者かへの攻撃を止めない。

かつて流行った演劇を思い出す。中盤から終盤にかけて、坂道を転がり落ち漆黒の穴へとまっすぐに落ちるように、避けられぬ悲劇へとすべての駒が配置されていた。

——本当に好きだったのよ。

楽しげなセラフィナの声が、耳に蘇った。

——愛していたから殺したんでしょう？　だってそうしたら、永遠に自分のものになるから。

あれがもう、遠い昔のことのように思える。

俺が見ている目の前で、ジェイドの頭ははじけ飛んだ。

俺は自分の叫び声を聞いていた。彼の脳みそをかき集めて、頭があった場所に戻し、そうして回復魔法をかけていた。

無駄だ。無理だ。こいつは死んだ。頭ではわかっていた。命はもう、戻らない。だがこいつが死なくてはならない理由がどこにある。俺はこいつを死なせたくない。

前方にいたショウとセラフィナが騒ぎを聞きつけやってくるのが見え、反射的に叫んだ。

「セラフィナ、来るな！　見るんじゃない！」

だがその大きな瞳はジェイドをはっきりと映してしまう。どこまでも澄んだ声がした。

「それ、ジェイドお兄様なの……？　そんな……！」

その場に倒れ込むセラフィナを、ショウが慌てて抱き留めていた。


セラフィナを抱え、列を外れ、森の中に入ると、木陰に彼女を横たえた。広葉樹の枝の上では小鳥がさえずり、小川が俺たちの横を流れ、先ほどの事件が嘘であるかのような平和な雰囲気を作り上げていた。

セラフィナの瞼がピクリと動き、うっすらと目を開ける。ぼんやりとしていた焦点が徐々に定まると、両目から涙が溢れた。

「アーヴェル……ジェイドお兄様が」

何を言っていいのかわからずに、伸ばされた彼女の、震える手を握る。

「ジェイドは、お前を狙った何者かから、お前を守るために、命を懸けたんだ」

「お兄様が、わたしを庇ってくれたの……？」

声を詰まらせながら、囁くように彼女は言う。

「子供の頃、ショウの、誕生日のパーティが、あったでしょう？　その時にね、ジェイドお兄様が謝ってきたの。昔、叩いてごめんって。だけど、わたし、許さないって、言ったの。絶対に許さないって、そう言ったわ。だって、許せないって、思ったから。それで、会話は終わってしまった。ねえわたし、なんで許せないなんて、あの時言っちゃったんだろう……？　お兄様は変わろうとしているって、本当は知っていたのに。ねえアーヴェル。わたし、いつか、お兄様に言ったことがあるの。血は、水よりも濃いって……。優しさは甘さに、甘さは裏切りに、裏切りは死に――繋がるって……。あれは、いつのことだったのかな――」

俺は彼女の体を抱きしめた。彼女は俺にしがみつく。背筋に冷たい汗が伝った。思い出してはならないことだ。それは彼女の、一番暗い頃の記憶に違いない。封じ込めろと念じながら、彼女の体をさらにきつく抱きしめる。

「お願い。どこにも行かないで。側に、いてアーヴェル。わたし、心細いの……」

セラフィナが流した涙が、俺の首筋を伝っていく。

「いるよ」

俺は答えた。

「俺は、いつだってお前の側にいる」

兄貴の墓の前で、俺の体に触れた彼女の手の震えを思い出した。不安げなまなざしも思い出した。いつか拒否した彼女ごと、俺は彼女を抱きしめる。離れろと言われても、二度と離すものか。

長い間、互いに何も語らずにそうしていた。

ジェイドの言ったことは本当だろうか。ロゼッタが俺を待ち構えて殺す気でいると。仮にロゼッタが帝都にいたとしても、俺の方が魔力は上で、負けるつもりはない。だがシャドウストーンと戦うことになるかもしれないということを、覚悟はしておくに越したことはないだろう。ジェイドが語った話を、兄貴にも後で伝えておかなくては。ショウはなんと言うだろうか。

「ねえ、アーヴェル」

セラフィナの、震える声がした。

「何か、お話しして……。沈黙が、怖いの。あなたまで、いなくなってしまうみたいに、思うの」

まるで幼い少女に戻ったかのようだ。考えた末、俺は今まで誰にも話したことのないことを、話しはじめた。

「子供の頃、一日だけ子猫を飼ったことがある」

セラフィナは顔を上げる。

「ほんとう？　初めて聞いたわ」

「ああ、今まで、どういうわけか、ずっと忘れてたんだ。白くて小さくて、可愛かったな……」

「どうして一日だけだったの？」

「朝起きたら、いなくなってたんだ」

あの小さな体を思い出した。封じていた記憶だ。兄貴とも、その子猫について思い出を語ったことはなかった。

「大切な思い出なのね」

小さくそう言う彼女に、俺も頷いた。

あの子猫。そうだ、あの子猫だ。俺がまだ六つか七つかになったくらいの、ぎりぎりかわいげがあった頃に、拾ったんだ。名前も付けた。

親猫とはぐれたのか、それとも見捨てられたのかは知らない。どういうわけか一匹でいて、庭で鴉に襲われていたのを助け、回復魔法をかけた。そのつもりだった。部屋に連れて帰り枕でベッドを作ってやって、そこに寝かせた。兄貴には黙っていた。俺だけの子猫だった。

翌朝になって、子猫は冷たくなっていた。泣く俺に兄貴が気がつき、二人で庭に、小さな墓を作った。板切れで、墓標をこさえ、そこに子猫の名を書いた。わずかな間でも愛情と温もりを知って、きっと子猫は幸せだったのだと兄貴は言った。

腕の中のセラフィナの体温を感じながら、ぼんやりと思った。間違いなく、大切な思い出だったはずだ。だがその墓を、庭のどこに作ったのかもう思い出せない。子猫にどんな名前を付けたのかも、もう、忘れてしまっていた。

俺たちは届かない

帝都の制圧は、北部から平野までの戦闘に比べると遙かに楽なものだった。事態を静観していたキングロードが、帝都に向かう俺たちに使者を寄越し、ついに極東から数千の兵を帝都に向けて動かしたと報せた。市民の多くは避難しており、戦い慣れしていない帝都の兵士たちは、まるでやる気のないままに降伏した。

誰がどう見ても、ショウ・フェニクスの勝ちだった。兄貴は新しい皇帝として、帝都に迎え入れられた。

白亜の城が北部の軍に取り囲まれ、諸侯たちの旗が並ぶ中、俺たちはするりと城に入る。城に入ったのは、ショウと俺を筆頭に、北から付き従ってくれた信頼できる数人だ。そこにはクルーエルの姿も、バレリーの姿もない。しかしセラフィナはいた。戦力を期待してではなく、守るためだ。

近衛兵すらも逃げ出した城の中では、玉座の間で待ち構えている叔父上のもとへと行くのに、そう苦戦はしなかった。

きっと間抜けな彼は震えているだろうと思ったが、意外にもふてぶてしく玉座にふんぞり返っている様は、流石皇帝だと言うべきだろうか。一応は気骨のある人間だったのかと、多少は見直した。

「……来たか、ショウ・フェニクス」

名を呼ばれた「ショウ・フェニクス」が進み出て、ドロゴをまっすぐに見据えた。

「叔父上、そこをどいていただけますか」

俺も横から口を挟む。

「借してた借りを、返してもらわなくちゃな。そこはショウが座る椅子だ」

だがドロゴは両手で顔を覆って泣き出しただけだった。

「シリウス……可哀想に」

今更人間らしさを見せられても困るというものだ。兄を殺し、別の未来では兄の子を殺し、どの面下げて息子の死を嘆くんだ？　窓の外はドロゴの敵が取り囲んでいる。逃げ場などないのだから、大人しく降伏してもらいたい。そうすれば、痛みなくその命を終わらせてやっても良かった。

「あんたが自らどかないというのなら、力尽くでやるだけだ」

ドロゴはそこで、初めて俺たちを見た。その目は血走り、憎しみを孕んではいたものの、取り乱した様子はない。嫌な予感がした。存外はっきりした口調で、ドロゴは言う。

「ひとつ、世間知らずの甥っ子たちに、お前たちの父親に代わって社会勉強をさせてやろう。反省を生かす機会は二度と訪れはしないが。逃げなかったのは、お前たちなど簡単にひねり潰せるからだ……なあロゼッタ・シャドウストーン？」

言った後で、彼は背後を振り返る。呼びかけられたカーテンの向こう側からは、当然のようにロゼッタ・シャドウストーンが現れた。

「ええ、陛下」

空間が、ロゼッタだけを残して固まってしまったかのように思えた。それだけ強烈な気配を放っていた。俺のすぐ背後にいたセラフィナが、びくりと体を震わせる。

ジェイドは正しかった。ロゼッタは俺を待っていた。——殺すために。

ということは、城の外にいるクルーエルも知っているはずだ。驚きなど微塵もなかった。味方なんて、初めから俺たち兄弟以外にいない。

「……本当に間抜けだな叔父上、騙されやがって。そいつがシリウスを殺させたんだぜ。数年も前から俺たちに協力していたのに、気づかないなんてな。どんな甘言に釣られたんだ？」

「戯《ざ》れ言です、耳を貸さぬよう。私は娘を取り返すため、彼らの味方のふりをしていたまでです。息子を見張りにつかせていましたが、ジェイドは彼らに始末されました。息子を喪《うしな》った悲しみは、私もあなたと同じです」

蛇のように邪悪な男がそうドロゴに囁いた。ドロゴも言う。

「キングロードは確かに動いた。だがそれは、お前たちを殺すためだ。わかるだろうか、愚かな甥たち。リリィ・キングロードは人質として、ロゼッタ・シャドウストーンの持つ公国にいる。キングロード家は北部の敵に回ったのだ。包囲されているのはお前たちの方だ。中央に喧嘩を挑むなど、初めから無謀だったのだよ。今すぐこの馬鹿げた反抗を止めるなら、お前たち二人の首だけで収束させてやる。他の者の命には、慈悲をやろう」

キングロード家が俺たちを裏切ったと、ドロゴは言っているらしかった。

水面に石を投げ入れた時の波紋のように、ドロゴを中心に、輪が出来上がっていた。ドロゴを殺すために俺たちが囲み、俺たちを殺すためにキングロードが街を囲めば、まず間違いなく泥沼だ。補給路も退路も阻まれれば、帝都には陰惨な死体の山が出来上がるだろう。

所詮ドロゴはこういう男だ。ロゼッタが味方であり、リリィを捕らえ、俺たちが降伏すると思っていたから逃げずに待っていたのだ。くそじじい。口の中でそう呟いた。

この場にいない人間の声がしたのは、そんな時だった。

「何を、ちんたらやってるんですか。ドロゴくらい、もう捕らえたものと思っていたのに」

それは、外で待機していたバレリー・ライオネルの声だった。

即座、魔法が発出される。空間を切り裂いた魔法は帝国軍の兵士に当たり、血飛沫が上がった。

俺はセラフィナの手を掴み、壁側に寄せ、空中に透明の防御壁を作る。

兵士たちが左右に割れる中、予想通りそこにいたバレリーは、迷いなくドロゴに向けて魔法を放った。皇帝側の魔法使いがそれを防ごうと防御壁を作るが、天才バレリーに及ぶはずもない。

秒も持たずに壁は破られ、魔法は兵士たちを切り裂き、ドロゴの体にでかい風穴を空けた。

ショウの、息を呑む音が聞こえた。一連の流れは、一瞬のことだった。俺たちが見ている目の前で、バレリーはドロゴを殺したのだ。

セラフィナの震える手が、俺の服を掴むのを感じた。

「外にいろと、言ったはずだぜバレリー」

「あんまりにもノロノロやってるから、手伝ってやったまでですよ。……僕らには誓約がある。ロゼッタさんは僕を攻撃できない。つまりここは、僕の勝ちだ」

皇帝側の兵士たちを虐殺しながら笑うバレリーを、ロゼッタは無言のまま見ている。味方兵にしても、唖然とバレリーを見ていた。皆の視線を浴びながら悠々と玉座に歩み寄り、足に触れたドロゴの死体を蹴飛ばし脇に追いやった後で、バレリーはようやく、俺たちに顔を向ける。

「誰が皇帝になろうが、別に構わないし興味もない。僕は、僕のすべきことを、するだけだ。ショウ・フェニクス公——さあ、あなたのために玉座を空けましたよ」

血濡れた玉座に向けて、名を呼ばれた男が進みはじめる。ショウはじっと、バレリーを見つめていた。……このまま、何も起きなければいいと、俺は思った。願った。祈った。そうすれば、報われる。馬鹿げているとも思える長い長い戦いが、やっと終わるのだ。何もこの反乱だけじゃない。セラフィナが早朝の俺を襲撃し、そうして始まった怒濤の日々が、やっと報われる。セラフィナに誓った幸福を、ようやく果たせる。物語の締めくくりはこうだ。

「こうして皆幸せに暮らしましたとさ、めでたしめでたし」——誰もが夢見たそんな世界が、すぐそこにある。

「数年がかりの夢が、これで、報われますね」

　バレリーも笑った。

　そうして「ショウ・フェニクス」は、ドロゴの体から流れ出た血溜まりを踏みつけて、皇帝側の兵士の死体の間を抜け、赤い足跡を床の上に点々と残しながら、戸惑いつつも玉座へと座る。北部の兵たちから、歓声が上がる。泣いている奴までいる。夢が叶ったのは、俺とショウだけはない。ショウこそが皇帝に相応しいと信念を持ち、皆戦ってきたのだから。

　感動を打ち破ったのは、苛立ちともとれる声だった。

「もうそろそろ、茶番は仕舞いにしてもらいたいものだ」

　ロゼッタ・シャドウストーンが、バレリー・ライオネルに向かってそう言った。応えるようにバレリーが笑うと、玉座にいた男の首が――前触れもなくぽろりと落ちた。

　バレリーが放った魔法によって、「ショウ・フェニクス」は死んだのだ。

　兵士たちに、激震が走る。

「なんということを！　我らの皇帝を！」

　叫ぶ北部の兵士は、バレリーに即座に銃を撃つ。バレリーは弾をすべて防御した後で、兵士に向けて攻撃魔法を放つ。それを、俺の魔法によって相殺した。兵士がさらに銃を構えるのを、俺は止めた。

「よせ、戦うな！」

戦ったとして、彼らはバレリーには勝てない。無駄死にだ。俺も誓約により、バレリーには攻撃できない。そんな俺を、彼は鼻で笑う。

「逃げ癖のあるあなたらしい、懸命な判断だ」

「なぜだバレリー。俺たち、友達だっただろ」

言った瞬間、彼の目に宿ったのは、激しい熱だ。俺へ対する、燃えるような憎悪だった。

「黙れ！　あんたの甘さを見ているとイライラするんだよ！」

バレリーは玉座に座る首のない死体を掴むと投げ落とし、そうしてそこに、今度は自分が座った。ゆっくりと俺たちを見渡す様は、まさに皇帝そのものだ。

俺は兵列の中を見て、目で合図をした。いつでもそれを、行えるように。バレリーは微笑んだ。

「いいよ、教えてあげる。ライオネルじゃない。僕は、バレリー・ユスティティアだ。ライオネルは、孤児院で適当に与えられた姓だ。本当の名は、バレリー・ユスティティア。僕はフェニクス家に殺された前皇帝一家の、最後の生き残りだよ」

まったくもって、予期していない台詞だった。ユスティティア家——それは親父とドロゴが一族郎党皆殺しにした、フェニクス家の前の皇帝家の名だ。

ユスティティア家は女も子供も一人残らず殺されたと聞いていた。バレリーの話が本当かどうかなど、確かめようがない。

「だとしたら、なぜ俺たちに協力した」

「わからないのか？　ショウ・フェニクスが皇帝になった時、その希望をこの手で壊すためだ。彼が人生の絶頂に至ったその瞬間に、地獄へと叩き落としたかった」

「お前の目的は、フェニクス家の皆殺しか」

バレリーは顔を歪める。勝利の笑みか、呆れか、どちらともとれる表情だった。いつもいつも、バレリーはそうだった。俺が経験してきたどのループでだって、彼は、俺たちフェニクス家を殺す目的を持っていた。

セラフィナとシリウスの結婚式の日、俺に向けて真っ先に銃を放ったのはバレリーだった。俺とショウが処刑される時も、こいつは側でその死を見届けようとしていた。北部に魔導石があることを皇帝に告げ口したのは、シャドウストーンではなくこの男だ。

「俺をどうやって殺す気だ。俺たちには誓約がある」

「誓約？　ああ、そっちか――」

まるで誓約など忘れていたような口調だ。

「あれは僕らだけの間に生まれたものだから、他者の介入があれば、関係ないんだ。ほらね、こうやって」

バレリーの体からゆらりと蠢《うごめ》き表出したのは、セラフィナがかつて得ていた黒い影だった。捨て身だ。バレリーはその体に、シャドウストーン家にあった呪いを溜め込んでやってきていた。

あの井戸には呪いがあった。だがそれは解かれたと、ジェイドは言っていた。ロゼッタがどんな見返りを求めてバレリーにそれを抱かせたのか知らないが、決して軽いものではないはずだ。

「驚いた？　アーヴェルさん、この呪いは、実に素晴らしいよ。僕の復讐に、手を、貸してくれているんだ。これはシャドウストーンを呪っている、いわば怨念の塊で、正の方向へ性質を変えることはできないけれど、僕の今の魔力があれば軌道修正をすることはできる。抑えつけてなでつけて、言うことを聞かせることはできるんだよ」

バレリーの顔に悲哀ともとれる感情が浮かんだ。

「呪いは、僕が放っているわけじゃない。だから誓約外だ。いうなれば使役できる家来のようなもので、あなたを、簡単に殺すことができる。だけど使うたびに恐ろしいほど命が削られる……あなたを殺すまで、僕の命が持てばいいけど」

「持たせてもらわなくては困るな」

この場にあって一人だけ愉快に笑うロゼッタを見て、バレリーが差し出すものがなんであるか悟り、吐き気がした。彼はロゼッタに、魔導具の材料として自身の命と魔力を提供するに違いない。確定された死さえも厭わずに、バレリーはフェニクス家を根絶やしにする気だ。

だが俺は、そんなもので動揺していてはならなかった。

バレリーが放った呪いが、黒い靄となって俺に向かって迫ってくる。過去に戻って良かったと思うべきか、上昇した魔力は、強大な呪いにもすぐに押し負けることはない。黒い呪いに対抗しながらも、俺は魔法によってバレリーとロゼッタの身動きを封じる。

「確かに俺は、甘えた人間だ。だけど、甘さは捨てると、もう決めたんだよ。利用できるものはなんだって利用してやるって、そう思ってるんだ。なあバレリー、お前の方こそ甘えた人間だ。人と人の間に生まれる絆を、遙かに甘く見ていたんだよ！」

情だとか、信念だとか、親愛だとか、かつて俺が馬鹿にし蹴飛ばし続けたその類いのものを、ひたすらに信じる者たちだって、確かにいるのだ。

帝都に入る前の話だ。ジェイドの件があって以降、俺は兄貴と、何度も話し合いをした。ロゼッタは帝都にいるか、いないか。いたとして味方か、敵か。味方の場合、見返りに何を求めるか。敵の場合、動機は。俺を殺すか。敵はこいつだけか？　誰が味方で、誰が敵か？　想定をした。腐るほど、考え抜いた。必ず勝利を収めるために。この戦いの勝者は、俺たち以外に存在してはいけないのだから。

数日前、キングロードから密命を受けた使者がやってきた。彼は告げた。

「リリィ・キングロードが誘拐された。ロゼッタ・シャドウストーンが帝都にいる」と。

おそらくは、キングロード家にとっても苦渋の選択だったのだろう。だが彼らは、最後はショウに味方することにした。俺たちならばこいつらに勝利すると、信頼したからだ。

懸念はあった。ロゼッタが、単独で画策をしているのであればそれでいい。しかし、もし誰かと手を組んでいたら――。だとしたらそいつはずっと正体を隠していた狡猾な奴だ。だからきっと、俺たちが危機に陥って、そいつが勝利を確信した最後の最後に姿を現すに違いなかった。

ジェイドは死に際、誰かに向かって魔法を放ち、死んだ。反撃を受けてのものではない。あいつをあの間に殺せるほど力の強い魔力は、俺でさえ持っていない。ならばジェイドは誓約の代償を払ったのではないかと考えた。あいつが実の兄貴クルーエルを迷いなく攻撃できるはずがない。だとすれば残るはバレリーだけだ。あの時、セラフィナへの攻撃を止めなかったバレリーを、あいつは攻撃し続けた。

玉座の間は、さながら魔法大戦だった。銘々の攻撃と防御が入り交じり、嵐のように吹き荒れていた。俺の魔法を防ぎながら、ロゼッタは言う。

「血迷ったか、アーヴェル・フェニクス。それとも特攻しているつもりかね？　言っておくが無駄死にになるぞ」

バレリーも叫んだ。

「誓約を忘れたのか！　あんたは死ぬ。僕への攻撃を止めなかった、愚かなジェイド・シャドウストーンのように！」

確かに俺は誓約の代償を受けていた。体が破壊され、死が迫る、気配がする。だが誓約の効果が即効ではないことは、ジェイドの死に際の様子でわかっていた。少なくとも、数秒の間はある。

一人だったら、確かに不可能だっただろう。しかし俺は一人ではない。北部の兵の中に向けて、俺は叫んだ。

「やってくれ！　ショウ！」

兵たちの中にいたショウは、小銃を、バレリーとロゼッタに向かって放った。

瞬間、魔法の嵐は止む。足下がふらつき背後に倒れそうになったのを、セラフィナに支えられた。思わず咳き込み血を吐いたが、致命傷ではない。バレリーは目を見開いて、先ほど殺した「ショウ・フェニクス」を見た。魔法が解けた生首は、彼にとっては見知らぬ男のものだったに違いない。キングロードの使者が、ショウに背格好が似ていて良かった。いかに俺の魔力が強かろうが、顔面がせいぜいで、全身の姿形を変える魔法を維持し続けることはキツい。使者は己の死を覚悟しても、ショウに成り済ますことをやめなかった。

本物のショウは、兵の中に紛れていた。現れるであろうロゼッタとバレリーを殺すために。

あの誓約を交わした時、魔法使いでない者を人以下と考えるシャドウストーン家の面々の中で、ショウの存在に注意を払っていたのはジェイドだけだった。魔法の使えないショウが自分たちを殺すなど、こいつらには想像さえできなかったのだ。それだけが、こいつらの敗因だ。ショウ・フェニクスがいかに危険な男であるかを、こいつらがみくびっていたというだけの話だった。

玉座からはバレリーの血が流れている。今日で三人の男の尻を包んだその座具からは、漏れなくその三人分の血が滴り落ちていた。

ロゼッタの頭部はショウによって破壊されたが、バレリーはわずかに急所を外したらしく、倒れながらもまだ息はあった。とどめを刺すべく、ショウは再び小銃を、バレリーに向けて構える。

バレリーは、可哀想な奴なのかもしれない。孤独で、誰も信じずに、誰とも心を交わすことなく、今ではありもしない家の過去の栄光を守るために、復讐だけを目的にして生きていた。きっと彼の過去は陰惨なものだったろう。孤独で、哀れで、想像を絶する苦悩があったに違いない。

だけどさ、バレリー。いかにお前に悲しい過去があろうとも、どんなに同情できる動機があろうとも、だからといって勝ちを譲るつもりはない。どれほど不幸な生い立ちでも、涙なしには語れない過去があったとしても、それでも勝者は俺たちだ。

ショウが握る銃の先を、バレリーは凝視していた。

「フェニクス家の手で、殺されるなんて、あり得ない」

不穏を感じ、兄貴に呼びかけた。

「ショウ、同情は不要だ。さっさと撃て」

だがショウは、握る小銃をわずかに震わせただけだった。

「引き金を引けない……抑えられているんだ！」

バレリーの悪あがきだ。自分の治癒を後回しにしてわずかな力を振り絞り、俺たちが引き連れてきた兵たちの銃もろとも、ショウの銃を止めている。だがそれもそう長い時間持たないだろう。

彼の命が尽きるのが先だ。顔を歪めながら、バレリーは叫ぶ。

「お前――お前だよ、お前！　お前、ふざけるなよ！　まるで他人事のような無垢な顔をしやがって……！　これはそもそも、お前が始めたことじゃないか！」

その視線は、俺の背後に向けられていた。セラフィナが、俺の服を掴む気配がし、手を握り返す。ぞっとするほど冷たい手だった。

「たった一人の男を蘇らせるためだけに、お前は世界をぶち壊した。だけどいいさ、僕はそれに乗っかって、復讐をするだけだ！　思い知れ、初めにあったのは、お前の恋心じゃない、この僕の、復讐心だ……！」

そうして、今度は俺を見た。どこまでも澄んだ彼の青い瞳は、やはり今にあっても澄んでいた。

「アーヴェル・フェニクス、僕が知るあんたの魔力は並だった。一体、何回時を戻ったらそうなるんだ？　何回セラフィナに時を戻された？」

自分の頭に手を翳《かざ》しながら、バレリーは、血まみれのまま笑う。

「まあ、あんたが何回失敗したかなんて、もうどうでもいい。最後に教えてあげる、僕は一度だ。セラフィナは、僕を一度、過去へと戻した！　だけどそれで十分だ！　せいぜい絶望に悶えるがいい！」

ボン、と何かがはじけ飛ぶような音と共に、バレリーの頭部は消え去った。空中に、彼の血が赤く噴霧し、細かな粒子となって、黒い靄と重なった。

一瞬、反応が遅れたのは、言われた意味がわからなかったからだ。セラフィナがバレリーを過去へ戻したと、今そう言ったのか？　だが背後のセラフィナを振り返る時間はなかった。俺たちを殺そうとしていた敵が死んだというのに、勝利の達成感は感じる暇も余裕もない。黒い霧はバレリーの血を含みながら広がり続け、今この場にいる全員を呑み込む。肌にねっとりと、バレリーの血が絡みつく。

この黒い魔力は呪いだ。ひたすら殺され続けた魔法使いたちとバレリーの怨念が、この玉座の間で吹き荒れていた。味方に防御壁を作ったが、たちまち破られる。兵士たちの体が裂け、血が噴き出す。その血がさらに、霧に内包されていった。

制御を失った呪いは暴走を続け、この場にいる人間を殺し尽くそうとしていた。

「これは一体どうしたというんだ！」

騒ぎを聞きつけたらしく、一切の事件に遅れてやってきたクルーエルが、玉座の間の惨状に叫んだ。普段は冷静沈着ぶっているクルーエルも、この場を目の当たりにして平常心ではいられないらしい。それもそうだ、こいつの頭の中では、そろそろ大好きな親父殿が俺たちをぶちのめしているところだったのだろうから。

黒い霧は動きを止め、クルーエルを見た。目などないというのに、俺にはそう、感じた。

霧は蠢き一点へと収束し、一人の人間の影を作る。女の姿に、思えた。

クルーエルが、霧を凝視する。

影が、微笑んだように感じた。もはや影とは言えない。それはどこまでも漆黒の、女の姿をしていた。黒い女はクルーエルに向かって急速に伸びると、その体を貫き、血を噴出させあっという間に殺してしまった。セラフィナが震えている。

「う、嘘よ、嘘よ、こんなの……」

囁くような声に反応するように、その女は、こちらを見た。異常なものに対峙する術《すべ》を、俺たちは持ち合わせていない。

あれがなぜクルーエルを殺したのかなんて、わかりきっていることだった。あの呪いは、シャドウストーンを根絶やしにするためだけに、存在しているのだから。

「アーヴェル！　アーヴェル、助けて！　怖い！」

セラフィナが叫んだ。助けるに決まっている。

影に向けて魔法を放つ。効果はない。防御壁を作る。破られる。

「大丈夫だセラフィナ、俺が絶対に！」

絶対に守ってやるから。

ショウにセラフィナを預け、俺は女に向き直る。細かいナイフで刻まれるように、ピシピシと、肌が切られ血が滲む。漆黒が、セラフィナ目がけて迫ってくる。

セラフィナを守れるなら、俺は今死んだって構わない。そうさセラフィナ。俺はお前のために、なんだって捨てられるんだよ。

最大だった。俺のできる最大の魔法を、呪いにぶつける。魔法と呪いは拮抗し、ぶつかり合い、玉座の間を破壊した。

しん、と静寂が訪れる。破壊された壁の隙間から、馬鹿みたいにふざけてるくらいの、綺麗な青空が見えていた。

周囲に散らばるのは、かつて人間だったものの肉片たちだ。呪いはない。影も消えて、どこにもない。静けさの中に、立っているのは俺とショウだけだった。呪いに勝ったとは、微塵も思えなかった。

セラフィナが倒れている。

急ぎ側に行き、その体を抱きかかえる。

倒れるセラフィナだが意識はあった。あったが、異変が起きていた。陶器のようになめらかな皮膚が、ぼろぼろと剥がれ落ちていく。体の至る場所から、だらりと血が流れていく。彼女の、猫の毛のように柔らかな髪の毛はたちまち輝きを失い抜け落ちていく。呪いは最悪の形で成就した。エレノアの形こそ借りたものの、我が子を守ろうとしていた祈りは消え、シャドウストーンへの憎しみだけが凝縮された純度の高まった呪いは、結果として見事に成就した。シャドウストーン家を食らい尽くしたのだ。

「アーヴェル、たす、けて……」

彼女の美しい両目から涙が溢れ、両手が俺に向けて伸ばされた。

バレリーの目的を知る。自分の死を引き金にして呪いを増大し放出させ、俺たちの一番大切なものを、破壊したかったのだ。

「大丈夫だ、大丈夫だセラフィナ、俺が、なんとかしてやるから、俺が……」

壊れていくそばから、彼女の傷を治癒する。手を抜いているわけではないのに、間に合わない。

セラフィナが死ぬなんてあり得ない。彼女を守るために、ずっと側にいたのに。

俺の肩に、手が触れた。ゆっくりと視線を向けると、兄貴が、首を横に振るのが見えた。

「アーヴェル、もう、無理だ」

その手を振り払う。

「何言ってるんだよ兄貴！　まだ間に合う、俺はこんなの、絶対に認めねえからな！」

だが兄貴の目に、絶望は浮かんでいなかった。静かな決意が、秘められていた。

「方法はある。お前だって、本当はわかっているんだろう。お前の魔力がなんのために強まったのか、その答えを」

「だ、だけど、せっかくここまで来たんだ。見ろよ、敵は死んだ。俺たちの勝利だ。兄貴は生きて、皇帝になれる。ここまでに何人死んだ？　それを、簡単に捨てられるかよ――」

兄貴は、ほんのわずかに、寂しそうに微笑む。

「捨てるんじゃないよ。お前が私のためにしてくれたことが、心の中から消えてなくなるわけじゃない。ただ、忘れ去られて、目に見えなくなるだけだ。それだけだ」

諭すような口調だった。本当は、俺にだってわかっていた。方法は、たったひとつだけあるということを。

「兄貴の夢が、やっと叶うのに、セラフィナが死んじまったら意味がない。こんなの、あんまりだ」

「確かに、父の跡を継ぐのは夢だった。だがこの争いの主役は私じゃない、お前だ、アーヴェル。

お前がいなかったら、そもそもここまで来られなかった。私のことは気にするな。お前の、望む通りにすればいい」

俺の望みは、セラフィナがいてくれることだ。いつだってそうだ。

セラフィナが笑っていることだ。

セラフィナが怒っていることだ。

セラフィナが喜んでいることだ。

朝食を食べ終えたセラフィナが、俺と兄貴を急かして庭へと連れて行く。また俺が、つまらないことを言って、泣き虫のセラフィナを泣かせてしまう。兄貴が俺を怒って、そうしてセラフィナを泣き止ませ、彼女は楽しそうに笑う。

彼女が魚を食べたくないと文句を言い、俺が料理を画策する。彼女が庭に雪だるまを作るのを、俺が手伝う。彼女の誕生日に、首飾りを贈ってやる。彼女と俺とで、一緒に、兄貴の誕生日を、祝う。彼女が俺に抱きついてきて、それを思い切り抱きしめ返す。毎日彼女と過ごし、彼女と踊り、彼女と歌い、彼女と歩き、彼女と笑う。

それが望みだ。それだけが、俺の望みだ。

「これしか、ないのか」

かつて考えていたことが思い起こされる。

もしセラフィナと他の誰かの命、どちらかを取るという状況に陥ったとしても、迷わず俺は、セラフィナを取るだろう。たとえそれが、救いたかったショウだとしても。たとえそれが、俺自身の命だったとしても。

「……ごめん、兄貴。ごめん、俺は。せっかく、やっとここまで来れたのに」

ショウは穏やかに言う。

「構わないさ。お前のおかげで、最高の夢を見れた。楽しかったよ。私の思いは、お前と同じだ」

俺はセラフィナに向き直った。自分の命の終わりを悟っているのか、悲しげに瞳を揺らしている。そうだ、命は一方通行で、戻ることはない。だが世界は、戻ることができる。

崩れ行く肌の上から頬を掴むと、その目を見つめた。

「俺だけ見てろ、セラフィナ」

いつも言えなかった言葉を、今になってようやく言えた。

なあ、俺、楽しかったよ。お前がいて、兄貴がいて、やり直すことができて、俺、本当に楽しかったんだ。人生って、こんなに楽しいんだって、生まれて初めて知ったんだ。そうさ、セラフィナ、俺の人生はこの地上の誰よりも幸福なものだったんだと思う。

だから後悔はない。人生の最期に俺のすべてを託せる人間がいるなんて、しかもそれが、愛する人だなんて、この俺の終わりとしては、随分上等じゃないか。

俺はセラフィナを抱きしめ、魔法を作りはじめた。方法はわかっていた。すでに二度、見ていたからだ。長い間履き違えていた。この世界の勝者は、北壁のフェニクス家でも、シャドウストーン家でも、ドロゴでも、バレリーでもあってはいけない。セラフィナだ。セラフィナだけが勝者だ。なぜならこれはそもそも、セラフィナが勝利を得るために始めたゲームだからだ。

「――セラフィナ、お前は今から未知へ行く。だが忘れるな、俺はいつだってお前の側にいる」

うんざりするほど、お前の側にいてやるよ。とことん付き合ってやるって、言っただろ。

「アーヴェルが――」

彼女の目から、涙が溢れた。

「アーヴェルが、いなくちゃ、無理よ……。どうしたらいいのか、全然、わからない」

「幸せでいるんだ」

彼女の頬を伝う涙を拭いながら、俺は答えた。

「幸せであるんだ。いつだって幸せであれ。それだけで、十分だ」

別に悪女になったって、俺を殺したって構わない。お前がそれで心から幸せなら、俺はなんだって構わないんだ。己の手先に、白い魔法が凝縮されていくのを見つめながら、言った。

「……十三歳の頃の俺ってさ、我ながら救いようのない捻くれたガキだ。だから、迷わず見捨ててもらっていい」

セラフィナが、俺の魔法を拒否するかのように弱々しく首を横に振る。

「泣くなよセラフィナ、大丈夫だからさ」

悟る。何度も時が戻って、強大になった俺の魔法は、今この瞬間のためにあったのだということを。

魔法を彼女に流し込む。セラフィナの魔法とは違い、白い光が包み込む。あらゆる境界が、曖昧になっていく。回転し、二度と元に戻ることはない。

セラフィナはこれから、過去へと戻り、何も知らない俺とショウに出会うのだろう。

「セラフィナ、愛してる。いつだって、お前を愛してる」

意識の消える最後の瞬間まで、俺は彼女に愛を伝え続けた。

幸せになれ、幸せになれ、幸せになれセラフィナ。いつだって、幸せであれ。

ようやく彼女が微笑む気配がして、俺と同じ思いでいることを知った。俺は間違いなく、この世界で一番の幸せ者に違いない。

そうともセラフィナ。後悔なんてひとつもない。

だが、寂しがり屋のお前が悲しい思いをしないか、泣き虫のお前が一人で泣きはしないか、それればかりが気がかりだ。

世界が回る。喜びも悲しみも、幸福も不幸もすべてを洗い流していく。

世界が消える。俺という存在が消えていく。

今更ながら子猫に付けた名前を思い出した。我ながら、恥ずかしい名前を付けたものだ。

幕間　ジェイド・シャドウストーンの悔恨

セント・シャドウストーンの本領地は、帝都からやや北側にあり、親族のほとんどが住んでいた。家名の由来にもなった魔導石がかつてこの地から大量に発掘されたことで、繁栄してきた家だ。現代において採掘量は減少してきているが、今もなお絶大な権力を誇る。本家に生まれる子供も皆、魔法使いだ。俺の妹、セラフィナを除いては。

セラフィナが生まれた時、母は俺を部屋に呼び、生まれたばかりのしわくちゃの赤ん坊を抱きながら言った。

——ジェイド、あなたの妹よ。あなたはお兄様になったの。

俺は妹が嫌いだった。見るだけで怒りが沸いた。存在していることさえ許せずに、何度も彼女を叩いた。魔法が使えず、いつも人の顔色ばかり窺っている役立たずの妹など、この家には不要だった。

セラフィナが生まれた時に、母は死んだ。四歳だった俺は、詳細なことは覚えていないが、産後の肥立ちが悪かったと、聞いたことがある。だから、余計に憎んでいた。優しく、愛情を与えてくれた母は、役立たずを産み落としたせいで死んだのだ。

お前が死ねば良かったのに——繰り返し彼女にそう言った。

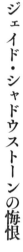

そんな妹だったが、ひとつだけ、役に立つことがあった。我が国の皇帝の分家の長男が、婚約を結びたいと言い出したのだ。名はショウ・フェニクス。前皇帝ローグの息子だが、辺境に追いやられた奴だ。

ただ一度、商売だかなんだかで、我が家を訪れたことがあったが、その際にセラフィナを見かけたのだという。名門に、落ちぶれた分家如きが取り入ろうとするなど腹が立つが、父上は快諾した。

俺が宮廷魔法使いとして中央にいる頃、父上は奪った異国の地を公国として与えられ領主となり、兄上は南部統括府の府長となり、セラフィナは相変わらず辛気くさい顔をしてただ一人家に残っていた。

ある時、父上の公国に呼び出された。南部にいる兄上とは度々顔を合わせていたが、父上に会うのは数ヶ月ぶりだ。会った瞬間、父上のやつれ具合に驚く。体格が良かった体は痩せ細り、顔色も悪く、どう見ても病気だった。

「具合でも、悪いのですか」

「些細なことだ。いずれ、治す」

父上は、二度とそれについて話すつもりはなさそうだ。応接間で、顔を突き合わせた。静かに、父上は言う。

「我が国のある地域に、未だ手つかずのままの資源があると情報が入った。欠片を持ってきた者がいる」

そう言って、手に握っていたらしいそれを、机の上に放つ。見た瞬間、悟った。

「……魔導石ですか」

枯渇しつつあるセント・シャドウストーンの地で採掘されるものよりも、遙かに上質なそれだった。これがあればより質の高い魔導武器を生み出せるだろう。

「これをどこで？」

「北壁フェニクス家の領地の山々からだ」

息を呑んだ。

「では、ショウ・フェニクスに協力を仰ぎ、採掘されるおつもりですか」

父上は冷笑する。

「我らに馴れ合いなど不要だ。時の為政者が誰であろうと私たちにはなんの関係もないことだ。フェニクス家、その前のユスティティア家、さらに前のヴァリ家、ガモット家。どの時代においても、我がセント・シャドウストーン家は裏で暗躍し続け、繁栄してきた。皇帝一家に権力が集中するのは、許されざることだ。これを北壁フェニクス家に握らせ続けるのは、宝の持ち腐れだと思わないか？」

「では――」

では、まさか。

「ジェイド、今より戦地へ赴き、ショウ・フェニクスを殺してこい。お前なら容易《たやす》いはずだ」

瞬間、答えに詰まる。ショウ・フェニクスは社交界で顔を合わせ、表面上の付き合いを続けていた相手だ。好意はないが、憎んでもいない。父上は、無表情のまま言った。

「迷いは捨てろ。勝者はいつだって、我らセント・シャドウストーンだ」

逆らう余地など、あるはずもなく、命令通り俺はそれを実行した。


戦場から帰った時、帝都で声をかけてきたのはあろうことか北壁フェニクス家の次男、アーヴェル・フェニクスだった。

「南方戦線じゃ、ショウと仲良くやっていたか」

魔法使いとしては並みだが、頭の切れる奴だった。以前とは雰囲気が、変わったように思えた。

軽薄な態度は消え失せ、表情は、わずかに険しくなったように思える。

「戦場は広大だ。貴様の兄とは、顔を合わせたことさえない」

「名家の次男坊は、嘘が下手だな」

その年の夏は嫌に暑く、室内でも熱が収まらない。だがじっとりと汗が背中を伝うのは、暑さのせいばかりではない。ぎくりとしたが、表情には出さなかったはずだ。

アーヴェルは、小さく笑った。

「そちらの妹と婚約することになりそうだ。互いに嫌い合っているのだから、上手く断っておいてくれ」

言われて、セラフィナのことを思い出した。皇子の誕生日パーティの直後あたりから、さらに陰気になったあの妹は、近頃屋敷に引きこもり、誰とも顔を合わせていない。

時を同じくして兄上から、同様の話があった。南部に呼び出された際、告げられる。

「セラフィナとアーヴェルを婚約させろと、レイブン家が言ってきた。父上は承知するつもりだ」

レイブン家は魔法使いを何人も輩出している異国の貴族だ。平民がのし上がり、王女を娶《めと》ったのが始まりだという三流の家だが、前皇帝ローグはその血筋を欲しがり、アーヴェルが生まれた。

「俺に、ショウ・フェニクスを殺させておいて、次はその弟と婚約させるのか。それでまた、アーヴェルまでをも殺すつもりなのか？」

兄上は口元を歪めた。

「アーヴェルなど大した魔力を持っていないし、権力欲もなく、我々の敵になる器さえない。その気もないだろうが……。レイブン家を今は引き込んでおきたいと、父上はお考えなのだ」

「あの男は、クラゲのような人間だ。掴んだと思ったら逃げられる。気づいた時には背後から刺され、体に毒が回っているぞ。そうなったら手遅れだ」

ショウ・フェニクスの死も、単純な戦死ではないと感づいているそぶりもある。だが奴が面と向かって指摘しないのは、身を守るためだろう。

「随分、買っているのだな」

そう言いながら現れたのは、我が父、ロゼッタだった。だがよく知る彼と随分違うのは、頬はこけ、目は落ちくぼみ、体は痩せ細り、それなしでは歩けないのか、杖をついていたことだ。

「父上……！　病が、進行しているのでは！」

「これは病ではない。呪いだ。エレノア・セント・シャドウストーンが、私を呪っているのだ」

言われた意味が、一瞬、理解できなかった。エレノア、それは母の名だった。

「か、彼女に、どうして呪えるというのです。彼女は確かに魔法使いでした。だが普通の魔力じゃ死後消える！　呪いとして形が残るには、相当に強い魔力でなくては無理ではないのですか！」

「お前に聞かせたことはなかったか。表向きには産褥死だとしているが、違う。エレノア・セント・シャドウストーンは、自分の意思で井戸の底へと身を投げたのだ。先祖代々伝わる、魔導具と共にな」

父上の言葉を、兄上が引き継いだ。

「魔導具に封じられた魔法は同材質で作られた井戸の中に氾濫した。さながらあの井戸自体が魔力を閉じ込める魔導具になってしまった。……愚かなことだ」

「なぜ」

道化のように、俺は問いを繰り返した。

「あれは弱い人間だった。無魔法の娘を生み、絶望のうちに身を投げた。私からの愛を、得られないと知ったのだ」

「ち……父上、あなたから母上への愛情は、少しも、なかったの、ですか」

理解が追いつかない。

「ジェイド、私を失望させるな。あの娘のように、出来損ないだと思われたいのか。お前もセント・シャドウストーンの人間ならば、いらぬ甘さを捨てろ。感傷は、弱さに繋がる。弱さは、負けに。我々に、負けなど許されない」

父上の瞳はどこまでも冷酷に光る。兄上が応じるように言った。

「呪いは必ず解く。あの井戸を封じる時も数人死んだが、再び開かねばなるまい。誰かに呪いを受けさせ、消失させる。依り代を得た呪いは、父上からそちらへ移るはずだ。その者は死ぬかもしれないが、仕方あるまい。まずは使用人か――」

俺はその言葉を遮った。

「それより、適任者がいるじゃないか。いてもなくても変わらない。無魔法・無価値・無能の娘が」

己の声を、遠くから聞いているようだった。

母が自死したというのなら、俺からの愛情では、生きる糧にはなれなかったということだ。そうとも、セント・シャドウストーンの人間に、愛情など、初めから不要だった。

「セラフィナを、依り代にすればいい」

は、と兄上が笑った気配がした。

その場には、俺が立ち会うことになった。セント・シャドウストーンの地へと赴いたのは久しぶりだった。セラフィナとも、随分会っていなかった。

出迎えた彼女を見て、束の間呆気にとられた。確か十七歳になったはずだ。記憶の中の彼女は、おどおどし、他人の目を避けていたが、今ここにいる彼女は、堂々と俺の目を見返してきていた。

服装も髪型も派手だ。男の目を惹くようになったと噂があったが、確かにそうかもしれない。

「ジェイドお兄様ったら、何を怯えているの」

怯えてなどいない。驚き、なんと声をかけるか迷っただけだ。セラフィナは、つまらなそうに言う。

「アーヴェル・フェニクスは、わたしが別の貴族に結婚を申し込まれたと知って、婚約を破棄したわ。お父様も承知したのよ」

そうして彼女は、微笑んだ。

「安心した？　もう誰も、お兄様の罪を暴かないわ。……きゃ！」

俺はセラフィナの頬を殴った。彼女はよろけ、壁に手をつき俺を睨み付けてくる。無性に腹が立った。

「調子に乗るのも大概にしろ、話は聞いているんだろう。行くぞ」

井戸を開ければ呪いを受ける。それをこののろまな妹がどこまで承知しているのかわからないが、抵抗はなかった。

――こうして井戸はセラフィナの手により開けられ、彼女は呪いを受ける代わりに、魔法を得た。

知っているのは、俺と彼女だけだ。魔法を楽しそうに繰り出すセラフィナに向かって、俺は言った。

「いいか、お前は魔法を得なかった。このことは黙っているんだ」

セラフィナは魔法を止め、俺を無言で見つめる。たとえ母上が自ら命を絶とうとも、セラフィナが原因であったのは間違いない。この妹は、無価値でなくてはならない。母の命を奪ったのだから、母の呪いで死ななくてはならなかった。

なのに死ぬどころか、俺たちと対等になったなどと、到底認め難い。セラフィナは、馬鹿にしたように鼻を鳴らした。

「いいわ、ジェイドお兄様。黙っていてあげる。その代わり、二度とわたしに、舐めた口を利かないで」

「なんだと貴様！　誰に向かって――」

叫んだ瞬間、セラフィナの手から、恐るべき質量を持った力が放出された。俺の側をかすめ、後方の森へと飛んでいき、大木を数本なぎ倒す。

「すごいわ、これ。この力。これが呪いですって？　祝福の間違いでしょう？」

セラフィナは、楽しくてたまらないのかずっと笑っている。

「ねえジェイドお兄様。わたし、男の人に、気に入られる才能があるのよ。誰もがわたしを好きになるの。無能だと見下していただけだもの、知らなかったでしょう？　見ていなさい。今に、わたしは、お父様をも越えてみせるわ。そうしてこの国の頂点に立つのよ！」

狂気的な高笑いが、空へ昇って消えていく。こいつも所詮、セント・シャドウストーンの人間だ。欲まみれで、冷徹で、己以外愛せない。

俺は、恐怖さえ覚えていた。井戸に充満していた呪いは、空洞のセラフィナによく馴染み、彼女自身を、強大な魔力を帯同する魔導具に変えてしまったのではないのか。

井戸を見る。母が死んだ井戸だ。この地で採れる上物の石で形作られた井戸。日の光をひとつも通さないと決めているかのような暗い井戸の底には、微かに残る水が濁って停滞していた。

聖なる石が、聞いて呆れる。これはただの、墓石だった。


セラフィナの台頭は、凄まじかった。

呪いが消えた父上は回復したが、彼女の得た権力には及ばないように思える。妹は宣言通りにのし上がった。——多くの貴族の手を借りて。

あの妹に、どれほどの価値があるのか知らないが、国中の有力者をパトロンに付け、まるで高級娼婦のように振る舞った。男どもの間に嫉妬はない。美術館に展示されている見事な宝飾品のように、彼女は品評され、共有されていた。セント・シャドウストーンの人間にあるまじき行為だ。彼女にあるのは虚栄だけで、誇りも気高さもなかった。

この不穏を感じているのは、俺だけではなかっただろう。かつて流行った演劇を思い出す。中盤から終盤にかけて、坂道を転がり落ち、漆黒の穴へとまっすぐに落ちるように、避けられぬ悲劇へとすべての駒が配置されていた。まるで今の、俺たちのようだ。

ゆるやかに、俺たちは破滅へと向かっていたのだろうか。

事件が、その日、起きた。多くの人物にとっては些細なことだ。だがその人物にとっては、決定的だったに違いない。

議場だった。俺は議員として、出席していた。占領地の統治を任せていた将軍が占領地民に殺されたと速報を受けたのは、議論の最中だった。右翼も左翼も瞬間黙り、直後銘々の主張をしはじめた。

そこで意見したのは、アーヴェル・フェニクスだった。奴は言った。

——このままでは長引く戦争に国民が疲弊し、皇帝へ反発する人間が増える。これ以上の予算を注ぎ込めば、国防の礎である国民が飢える。その前に占領地から手を引け。占領地を維持するために本国が弱まれば元も子もないだろう。馬鹿でもわかる話だ。

腐っても前皇帝の息子だ、発言力も求心力もある。誰しもが奴の主張に聞き入った。静寂を破ったのは、我が妹、セラフィナだった。ぞっとするような笑みを薄く浮かべ言い放つ。

「アーヴェル・フェニクスは、まるで皇帝になったかのように、この国の行く末をおっしゃいますのね？」

その言葉を聞いた皇帝ドロゴはアーヴェルを議場から閉め出した。

皇帝が北壁フェニクス家を密かに恐れていたのは知っていた。実の兄を手にかけたと噂があるドロゴが、その息子に恐怖している。それが表出した瞬間だった。

議会が終わり、議事堂から出る際に、見たくもなかったものを見てしまった。セラフィナがアーヴェルに絡んでいたのだ。

「残念だったわね？　皇帝陛下はわたしのことならなんだって言うことを聞くのよ。甥よりも、信頼していただいているんだわ。将軍は確かに残念よ。戦争が下手だったのかしら」

戦場に行ったこともないあばずれめ。血の繋がった妹ながら、嫌悪の念を抱いた。

笑うセラフィナの一方で、アーヴェルは無表情で応じている。

「哀悼の意を、示すふりくらいはいくら君にもできただろう。将軍は、君の命令でかの地の統治者になったようなものだったはずだ。責任は感じないのか」

「戦争なんだから、人は死ぬに決まっているでしょう？　アーヴェル・フェニクス、善人ぶっているつもりかしら。いい加減、わたしに逆らうのはやめて、大人しく従ったら？　悪いようにはしないわ」

「私は己の信念にだけ従う。信念のない君とは違うんだ」

瞬間、アーヴェルの瞳に、燃えるような怒りが宿ったように思えた。

「自分で統治者になって、君が死ねば良かったんだ」

それは俺が子供の頃、繰り返し妹に言っていた言葉だった。

セラフィナの顔から笑みが消え、幼い頃度々見せていた怯えが、表れたように思えた。だがそれも一瞬のことで、すぐに元の余裕の笑みに戻る。

アーヴェルは黙って、その場を後にした。

すぐ後で、セラフィナが振り返る。逃げ場がなく目が合うと、微笑まれた。

「あら、いらしたの、ジェイドお兄様。せっかくよ、少しお話ししましょう？」

連れ立って、歩き出した。

ふふ、と彼女は笑う。

「クルーエルお兄様は相変わらず南部に引きこもっているのね。わたしを目に入れるのさえ嫌みたい。昔から思っていたけれど、家族で一番、ジェイドお兄様が優しいわ」

「でも優しさは甘さに、甘さは裏切りに、裏切りは死に――繋がるわ。結局、兄妹でお母様に一番似たのは、ジェイドお兄様なのかもしれないわね」

「何が言いたい」

「血には勝てないという話よ。ひとつ求めたらその次を。それが得られたら、さらにその次を。わたしたちが満足することなんて、永遠にないのよ。いかに外の水が甘かろうが、血に勝る濃さはないわ。喜んでよお兄様。欲にまみれたわたしは、実にシャドウストーンの娘らしいでしょう？」

「欲などと。俺たちが抱くのは、血統に対する誇りと気高さだ」

自分の声が侮蔑にまみれる。セラフィナはついに声を上げて笑った。俺に怯える幼い頃の面影はもうどこにもない。

「なんて可笑しいの、ジェイドお兄様。教えてあげましょうか？　あなたが抱いているのは、誇りでも、気高さでもないわ。――罪悪感よ」

さっと、背筋が凍り付いたように思えた。あの男の後頭部を撃った光景が蘇る。

「お兄様は、ショウ・フェニクスを殺すべきではなかった。なぜなら、そう命じたロゼッタ・セント・シャドウストーンに、正義はなかったから。ロゼッタ・セント・シャドウストーンは、間違っていたから。いくら求めたって、あの人から愛なんて返ってこない。だったら、いっそのことご自分で判断すべきだったのよ」

一体、俺はどこで間違えて、どこを正せば良かったのだろう。二度と取り戻せはしないものを、いくつ失ってきたというのだ。

「わたし、ジェイドお兄様のこと、好きよ。だってとっても可哀想なんだもの。だから教えてあげる。また、やり直すことができるわ。その時にわたしたちが、この後悔を覚えていられるかはわからないけれど」

そう言って、セラフィナは小さく笑った。

第二章

セラフィナ・シャドウストーン

ひとりぼっちのセラフィナ

長い——。空白が、あったように思えた。

生まれて生きて、死ぬまでの間に、幸福が約束されていないのなら、一体、わたしたちはなんのために生み出され存在しているのだろう。命の終わりに大口開けた不幸が待っているのなら、生に意味など何もない。

食事会の席で、突然立ち上がったわたしに、みんなの視線が集まった。親族たちが、訝しげにわたしを見ている。ショウが、ぎょっとしたようにわたしを見ている。……アーヴェルが、無関心にわたしを見ている。さっきまでいた帝都の城は消え去り、死体の山も消え去り、わたしを強く抱きしめていたアーヴェルもまた、どこにもいなかった。

わたしは、たった一人で、この場所に戻ってきてしまった。胸が、張り裂けそうだった。頬を涙が伝うのを、拭うことさえできない。

ショウが、彼にしては珍しく、唖然とした表情を浮かべている。

「君はセラフィナか?」

当たり前にわたしはセラフィナだったけど、その事実にやっと気がついたのだろうか。

「……いや、なんでもない」

舌打ちが聞こえて顔を向けると、アーヴェルが、無言で食堂を出て行くのが見えた。少年の彼は、一度もこちらを見ようともしなかった。

「アーヴェル、待っ――」

追いかけようとして、立ち止まる。追いかけて、どうするの？　彼は何も知らないし、さっきまであった出来事は、今はもう、わたしの頭の中にしかない。アーヴェルなら、こんな時どうするだろう。彼ならきっと、とにもかくにも行動するだろう。ショウが何かを言いたげに口を開いたのが見えたけれど、わたしは食事会の席を飛び出した。

アーヴェルは、すぐに見つかった。お屋敷の玄関で、使用人に見守られながら、今まさに出かけようとしていたところだった。

「アーヴェル、待って！　わたし、あなたと話さなくちゃいけないの」

呼び止めると、やっとアーヴェルはわたしの顔を見た。記憶の中よりも幼い彼は、眉を顰めてわたしを見た後で、すぐに使用人に顔を向けてしまった。

「おい、兄貴の婚約者が俺に話しかけているみたいだ。黙らせろ」

この世界で初めて聞く彼の声は、不服そうに響いていた。

「アーヴェル坊ちゃま、そのような言い方は……」

「俺は知らない奴に話しかけられると苛つくんだよ」

「だ、だけどわたし、あなたに話が」

「話すことなど何もない」

それきり、アーヴェルはまるでわたしなどいないかのように顔を背け、再び使用人に声をかけた。

「数日帰らないから、そう兄貴に言っておけ」

そう言って、本当にお屋敷を出て行ってしまった。わたしは立ち尽くしていた。

アーヴェルは、十三歳の頃の自分を見捨ててくれと言っていたけれど、当然そんなことできない。だけど話す隙さえ与えてくれなくては、何もすることができない。

でもどうにかしないと、きっとショウはお父様たちに殺されて、アーヴェルも深く傷つき自暴自棄になる未来になってしまう。いいえ、それならまだましで、最悪のパターンは二人とも絶望のうちに殺される。

そんなこと、絶対にだめだ。大好きな二人には、幸せになってもらわないといけない。でもどうしよう、どうしたらいいの？　糸口なんて、全然見つけられなかった。

ショウは親族を見送りに行き、アーヴェルはどこかに姿を消してしまったから、夕食の席には、一人で着いた。

食欲はあまりなく、ほとんど口を付けないまま、わたしは勝手知ったる自分の部屋に戻る。まだぬいぐるみも、洋服も、気に入ったカーテンも、アーヴェルとショウからもらった山のようなプレゼントもない、質素な部屋だ。わたしが大切に作り上げてきたものが、音を立てて崩れ去ってしまったように思えた。

夜が明けて、玄関先が慌ただしくなり、ショウが帰ってきたような気配がした。下に降りていくとやはり彼はいて、感情の読み取れない表情で言う。

「話がある。書斎へ来てくれないか」

一方的にそう言うと、性急に歩き出した。後を追うようにして書斎へ行くと、入るなり彼はソファーにどかりと腰を掛けた。向かいにわたしも座り、彼が口を開くのを待った。なのに一向に、彼は声を発しない。組んだ両手を額に付け、祈りともとれるポーズをしたまま押し黙った。

「話って、何かあったの？　どうしたの？」

しびれを切らして尋ねると、やっと、ショウは言った。

「昨日の昼からだ。突然その考えが頭に入り込んできた。言い訳じゃないが、それまで私はまともだったし、今も別に頭がおかしくなったとは思っていない。だが寝室の窓の内側に巨大な虫がぴたりと張り付いているかのような胸糞の悪い違和感が、ずっと付き纏っている」

回りくどい言い回しに、真意が掴めない。表情に出ていたらしく、わたしの顔を見た後で、ショウはさらに眉間に皺を寄せた。

「……初めはそうだ。昨日、食事中に君が泣き出して、前のように、またアーヴェルに泣かされたのだろうかと思った。そうしておかしさに気がついた。前などあり得るはずがないということに。だがどうだ。一日経っても、その考えが頭を離れない。眩暈《めまい》を覚えるほどの強烈な既視感だ。

私は何度、君との婚約を親族に発表した？　いやそもそも、なぜ私は生きている。シリウスに、三度、殺された。一度は君の兄さんに殺された。私は四回、死んでいるんじゃないのか。だがそれに気がついているのは私だけだ。親族たちも使用人も、アーヴェルも、いつも通りだ。違うのは君だけだ。君に尋ねるのも妙なことだとは思うが――」

「ショウ、覚えているの？」

　はっとショウは顔を上げる。

「そ、そうよ、そうなの！　何度も繰り返してる。わたし、さっきまで、あなたとアーヴェルが皇帝を倒したその場にいたの！　わたしは今、二度目だけど、世界はもっともっと、何回も繰り返しているの」

　きっとこれは奇跡だわ！　なぜショウの中にその記憶があるのかはわからなかったけれど、心が歓喜した。

　わたしは自分の知り得るだけの知識をもって、今までの出来事について説明をした。黙って話を聞いていたショウは、聞き終えると長いため息を吐いて、項垂《うなだ》れているのか頷いたのかわからないほどのゆっくりとした動作で、頭を下に向けた。

「……普段の私だったら、一蹴して終わりそうな話だ」

　信じてくれなかったのだろうかと不安になってショウを見ると、数度小さく、頷くのが見えた。

「私の中に残るのは、さっきまではそこまではっきりした記憶ではなかった。だが君の話を聞いて、驚くほど鮮明に、蘇ってきた思い出もある。君の十歳の誕生日に、何を買えばいいのかわからず店を数軒回って、結局店主に勧められたますべて買って帰って、アーヴェルに苦笑いされた――。だが奇妙なのは、それが私の目ではなく、別の人間の視点のように思えることだ」

そこでわたしは、なぜショウの中に記憶が残っていたのか、ようやく気がついた。

「アーヴェルが魔法をかけたからだわ！　あなたの精神に魔法がかけられていたから、それが微かに残っていたんだわ！」

彼のしてくれたことは、無駄じゃなかったんだ！　彼のしたことが、今ここに引き継がれていて、わたしを助けてくれている。

「ショウの中にあるのは、アーヴェルの記憶だわ！　アーヴェルが、わたしを必死に育ててくれた記憶が、あなたの中にあるのよ！　誕生日に、たくさんの贈り物をもらった時のこと、わたしもよく覚えてる。心の底から幸せだったんだもの！」

「待て、なぜその時の思い出があるんだ？」

ショウは驚いたように目を見張る。

「その後だって時は戻っていて、君はその後の世界から戻ってきたはずだ。まさか、以前の記憶があるのか？　君が、かつて生きてきた世界の記憶が」

小さく、わたしは頷いた。

「……アーヴェルが、くれたの」

アーヴェルはあの瞬間、わたしに二種類の魔法をかけた。ひとつは時を戻す魔法。もうひとつは、自分の記憶を、わたしに流し込む魔法だ。

「アーヴェルは、とっくにわかってたの。自分の記憶をどうやったら他人に共有させることができるのか。肉体に魔法をかけるんじゃない。その精神に魔法をかけることで、その人に記憶を見せることができるの」

彼の記憶を共有したからわかった。今までわたしにその魔法をかけなかったのは、知らなくていいと隠したかった部分があるからだ。だけど最後に彼は思った。それさえも、わたしは乗り越えられると。

ひとつだけ、アーヴェルに誤算があったとするならば、彼の記憶を引き金にしてわたし自身の記憶が蘇ったことだ。わたしは今、すべてのわたし《セラフィナ》たちが過ごしてきた時間を、共有していた。

「まったく……後先考えない、あいつらしいな」

ショウは、愕然としているようにも見えた。

「しかし大丈夫なのか。君の記憶は……その、つらいものもあるだろう」

確かにそうだ。セラフィナたちの人生は、総計すると幸福より不幸の量が遙かに上回る。

「うん——うん。確かにそう。思い出したくないこともある。自分の誇りを蹂躙されて、わたしもわたしを傷つけた、暗い記憶が、あるわ。それを思うと、今でも気が狂いそうになる。だけど、わたしね、思うの。人を陥れて快楽に浸る悪女も、純粋で善人でいようとしていたわたしも、どんなわたしだって、それはわたしなんだって。だから、ショウ。わたし、大丈夫よ。だって、アーヴェルは全部知っているけど、その記憶を見せてもわたしだったら乗り越えられるって、信じて託してくれたんだもの。その信頼を思うと、わたし、頑張れるわ。不幸の量が多くたって、絶対に揺るがない幸せな思い出があれば、わたしはそれで、大丈夫なの」

今やっと、わたしはアーヴェルと対等な存在になれた気がした。

わたしたちは、ループしているんじゃなくて、時間が消え再構築された一直線上の世界にいるのかもしれないと、ショウは以前アーヴェルに言っていた。だとしたら人の思いだって引き継がれているはずだ。きっと今の世界にいるアーヴェルも、前の世界にいたアーヴェルと変わらない。そう思うと心が勇気づけられた。

ショウの中にあるのはある時点までのアーヴェルの記憶だったから、さっきまでの世界については何も知らなかった。改めて起こった出来事を話すと、ショウはたったひと言だけ言った。

「そうか。また、だめだったんだな」

そう、また、だめだった。わたしたちはまた負けた。だけど、わたしさえいなければ、二人は勝てたかもしれない。震えるわたしの手を、ショウは握る。

「悲観してはいないよ。私もあいつも、そうして君も、生きているじゃないか。よくやったもんだ。そうだろう？　皇帝とシリウスを倒すだなんて、私だったら考えても、行動には移せなかっただろう」

アーヴェルがいたからだ。いつだって彼は、根拠があるのかもわからないまま、わたしたちを鼓舞し続けた。決して強くなんてない、弱い人だったけど、どんな時も、強くあろうとしていた。わたしはそんな彼に恋をしていた。彼を愛していた。彼がいなくなっても、今もそれは、変わらない。

それからわたしは、ショウと敵について共有する。

「バレリー・ライオネルの目的は単純よ。中央だろうと北部だろうと、フェニクス家を潰すこと。……わたしたちの敗因も、やっぱり彼だった。彼はあなたたちに勝つためなら、自分の命なんて少しも惜しくなかったんだもの。そこがわたしたちとの違いだった」

「ユスティティア家の残党か……それが存在していたかは定かではない。父と叔父は、一人残らず殲滅させたと言っていたから」

「だけどバレリーは、自分の出自を盲目的に信じていたわ」

「事実かどうかはもはや重要じゃないんだろうな。それが彼の存在意義なんだろう。君の話だと、バレリーは自身の命と交換条件に、ロゼッタ・シャドウストーンから呪いを引き受けたということか」

「ジェイドお兄様がアーヴェルに語った話と、お父様の様子を総合して考えると、バレリーは、死後にシャドウストーン家の魔導具に魔力を提供することを取引していた。初めから死ぬつもりで、呪いをその身に宿したのよ。戦場でバレリーはどんどんやつれていったけど、呪いの代償で命が削り取られていたんだわ」

「つまり、こういうことか」

唸るようにショウは言った。

「私たちが完全勝利を収めるためには、北部に魔導石があると先に気づかれてもいけないし、井戸の呪いをバレリー・ライオネルに渡してもいけない。そのうえで、シャドウストーン家を排除し、皇帝一家を排除し、バレリー・ライオネルを排除しなくてはならない。——それも魔法使いなしで」

ショウの言葉にわたしは頷いた。時間の制約もある。魔導武器はいつだって北部に配備されていた。ということは、時間の経過によって、魔導石があると確実に気づかれる。そうなってしまったら、身動きを取るのは難しい。

シャドウストーン家は前みたいに魔導石を引き合いに出せば協力してくれるかもしれないけれど、バレリーから声をかけられたら、死後魔力を提供し、呪いまで引き受けてくれるそっちの方が利があると容易く乗り換えられてしまう。彼らの接触をすべて阻めるわけもない。

現状、良い打開策は浮かばなかった。

「なあセラフィナ。わからないんだが、なぜバレリーは君を攻撃したんだ。まさか初めから誓約目当てでジェイドを殺したかったわけじゃないだろう」

「別の誓約が、あったの。わたしはバレリーにアーヴェルを殺させないように、誓約を課していた。

それがバレリーの足かせになっていたんだわ。最後は呪いに頼ったけれど、呪いは命を削り取る諸刃の剣よ。できるだけ、使いたくなかったに違いないわ。だからわたしを先に殺そうとしたの」

「君が？　いつ彼に？」

ショウの困惑は当然だ。だってバレリーに誓約を与えたのは、ショウもアーヴェルも、もういない世界での話だった。

「……一番初めにあった世界の話をしましょう。わたしたちの誰も、時を戻さなかった以前の話をしなくちゃ」

その世界の最後を過ごしたわたしだけが、何が起こったかを知っていた。長く続く、暗澹《あんたん》たる記憶の話。噛み合うはずの歯車が、すべて壊れてしまった世界の話。可哀想な兄弟の話。自分勝手な、女の話。

「……なるほど」

聞き終えて、それだけショウは言った。ある程度は、想定していたことなのかもしれない。咳払いをひとつした後で、彼は言う。

「大体は、わかったよ。君と私も、いつまでも婚約していてはいけないな。アーヴェルと君の婚約を、し直そう」

その言葉を聞いて、どうしようもなく胸が疼《うず》いた。ショウと恋人同士だった頃のことを、思い出す。彼は理想の恋人で、どんな時だって優しくて、わたしの心の中の大多数をアーヴェルが占揶揄しているとは知りながら、わたしを好きでいてくれた。そのことに後ろめたさを覚えながらも、わたしは彼と、結婚しようと思っていた。

「わたしたちの関係は――その」

「ありふれた関係だ」

言ってから、ショウは目を閉じた。

「……つまり、元恋人同士だ。よくある気楽な関係さ」

再び目を開けた時、ショウは穏やかに微笑んだ。

「君が大切であることには変わりない。だけど、恋人に戻りたいと、望んでいるわけじゃないよ。私が入り込む余地など、初めから二人の間にはなかったんだ」

感情が高まって、身を乗り出して、今度はわたしが彼の両手を、自分の手で包み込んだ。

「ショウ、わたしもあなたが本当に大切よ。それはこれから先、何があっても絶対に変わらない」

ショウはわたしに微笑んでくれた。わたしたちの間には、友情と愛情が、優しく流れていた。

アーヴェルが屋敷にふらりと戻ってきたのは、わたしの滞在五日目の夕方のことだった。シャツは洗濯されているようだし、誰かのところにいたのは間違いなさそうだ。アーヴェルの姿を見ると、やっぱり嬉しくなる。彼がいると、わたしの心はいつだって明るく晴れた。

「ショウはいないだろうな」

と、使用人に尋ねている間に忍び寄り、声をかけた。

「おかえりなさいアーヴェル」

ぎょっとしたようにアーヴェルが顔を向けた。以前の彼はわたしが出迎えるといつも頭をくしゃくしゃになでてくれたけど、今の彼が同じことをするはずもない。

「まだいたのかよ、兄貴の婚約者」

「セラフィナって名前があるわ。わたしのこと嫌いなの？」

「異物が家にいるのが嫌だ」

そっぽを向いてそう答えると自室に向かって歩き出す。

「異物じゃないわ。わたしが滞在するって、聞いていたでしょう？」

「忘れてた」

「今までどこにいたの？」

アーヴェルは不機嫌そうに答えた。

「俺がどこにいようが、お前に関係ないだろ」

「あるわ。婚約者になるのよ、わたしたち」

「はあ⁉」

驚愕の声を上げて足を止め、アーヴェルが振り返る。

「わたしたち、そのうち、互いが互いを好きになるのよ。心の通じ合った、恋人になるの」

「なんで俺がお前のこと、好きにならなくちゃいけないの？」

なんて答えたらいいんだろう。アーヴェルはいつだってわたしのことを一番に考えてくれていたから、話せばきっとわかるはずだと思っていた。だけど大きな勘違いで、アーヴェルはわたしに興味さえなさそうだった。

「まだ言うなと、言っただろうセラフィナ」

ショウがやってきてそう声をかけた瞬間、アーヴェルは舌打ちをして目線を逸らす。

「アーヴェル、話がある。書斎へ来い」

高圧的なショウの態度にわたしはハラハラしてしまう。こんな言い方では、アーヴェルの態度がますます頑なになるだけじゃないだろうか。案の定、アーヴェルは従わない。

「嫌だ」

「言うことを聞け」

「嫌だって言っただろ！」

どこまでもショウに刃向かう気でいるアーヴェルは、またしても大声を出した。

「俺に偉そうな口を利くんじゃねえ！　魔法だって使えないくせによ！」

アーヴェルはそう言って手から魔法を放った。魔法は壁に大きな穴を空け、使用人から悲鳴が上がる。穴の向こうに夕闇が見えた。

「またか。勘弁してくれ」

ショウが深いため息を吐いても、アーヴェルは反省なんて少しもしていなかった。

「いいか、金輪際、俺に話しかけるな！　命令もするな。学園に入学したら、二度とこの家には帰らない！　俺たちはたまたま父親が同じだった、他人でしかねえんだよ！」

叫ぶと、アーヴェルは部屋の反対方向に走り出し、外に出て、庭の方へと逃げていった。慌てて後を追おうとしたところで、肩を掴まれる。

「行かなくていい。見たろ、もうどうにもならない。あいつは君の側にいたアーヴェルじゃないんだ。手の付けようがない」

アーヴェルはショウに苛立っていたし、ショウはそんなアーヴェルに呆れ果てている。兄弟の間に流れる空気は緊張していて、冷たかった。

「そんなことないわ、ショウの馬鹿！　アーヴェルは、本当はとっても優しい人だもの！　唯一の家族のあなたが信じてあげなくてどうするのよ！」

大声でそう言うと、わたしも庭へと出た。

幸いなことに、アーヴェルはすぐに発見できた。庭の生け垣の陰に設置されているベンチにぼうっとした表情で座っている。近寄るわたしに気づいたらしく、目線を下に向けたまま言う。

「兄貴の婚約者が、なんで俺を追ってくるんだよ。一人にしてくれ」

さっき、感情を爆発させたおかげだろうか、屋敷にいた時の怒った口調はなく、むしろ消沈しているようだった。

「放っておけないわ」

「なんでだよ」

「だって、わたし、あなたが好きだもの」

アーヴェルの瞳が、微かに左右に揺れたように思えた。彼の隣に腰を掛け、わたしは言った。

「わたしね、未来から戻ってきたの」

「ガキの妄想に付き合う気なんてない。帰れよ」

「いいえ、大切な話だもの。しておかなくちゃ」

「兄貴にでも言っとけよ。婚約者なんだから、少しは相手してくれるだろ」

じゃあな、と言ってアーヴェルは立ち上がり、去ろうとする。

引き留めなくちゃと思うけど、なんて言ったら彼がわたしに興味を持ってくれるのかわからない。現状、わたしは彼にとって、どちらかといえば邪魔な方の、赤の他人でしかないのだ。何か、何かないだろうか。彼がわたしの言葉に耳を傾けてくれる、魔法の言葉が。

「――エンジェル！」

気づけばそう叫んでいた。アーヴェルが立ち止まり、振り返る。

「なんだって？」

彼に駆け寄りながら、わたしは一生懸命に言った。

「あなたは小さい時に子猫を拾って、その子にエンジェルって名前を付けてあげた。天使みたいに、綺麗だったから。だけどその子は翌朝死んじゃって、ショウと一緒に、庭に埋めたの」

アーヴェルの顔が困惑に染まる。

「なんで、知ってるんだよ。名前はショウにも言ってないのに」

「未来のあなたが、教えてくれたのよ」

アーヴェルがその話をしてくれた時、子猫が死んだとは言わなかった。ただいなくなったと言っただけだ。名前も、お墓の場所も、彼は忘れてしまっていた。だけど最後に彼は子猫の名前を思い出して、その悲しい記憶ごとわたしにくれたのだ。

「聞いてアーヴェル。信じられないかもしれないけれど、本当のことなの。聞いて嘘だと判断したなら、それでもいいわ」

アーヴェルの表情が、少しだけ和らいだのがわかった。ようやくわたしは、彼の心を捉えることができたのだ。

ベンチに座り直して、わたしはショウに話したように、アーヴェルに対して今まで起こった世界の話を語った。アーヴェルは、時折目線をわたしに向けながら、黙って聞いている。

「……どう?」

語り終わって尋ねると、アーヴェルは首を横に振った。

「どうって、言われてもさ。やっぱり普通、信じられるかよ」

「そうよね」

わたし自身も信じられないような体験だから、無理はない。だけど伝えることは伝えきった。アーヴェルが呑み込んで、考えてくれる時間は、まだあるはずだ。

夏場とはいえ、薄着で飛び出した夜は冷える。気を取り直そうと思って、立ち上がり、彼に問う。

「エンジェルのお墓はどこにあるの？」

「……こっちだよ」

アーヴェルも、素直に立ち上がった。

大人のアーヴェルは忘れてしまっていたけど、今のアーヴェルはまだ覚えていて、それは庭の隅の花壇の中の、ほんの一角にあった。墓標代わりの板切れにインクで書かれたらしい文字は滲み掠れ、読み取れなくなっている。二人して、お墓の前にしゃがみ込み、子猫の魂の安寧を祈った。目を開けて、わたしは言った。

「きっと、この子は幸せだったわ」

だけどアーヴェルは首を横に振る。

「そうは思えない。生まれてすぐに死んじまうなんて、紛れもない不幸じゃねえかよ。だったら、生まれてきた意味ないだろ」

「そんなことないわ。たとえほんのわずかでも幸せを知ったら、それでその命は輝けるもの。この子が生きた記憶が、あなたの中にある限り、この子の命に意味はあったんだわ」

アーヴェルが生きた記憶が、わたしの心の中にあるように。アーヴェルは黙ってお墓を見つめていた。

「ねえ、アーヴェル。どうしてショウが嫌いなの？」

「男兄弟でべったりだったら、それはそれで気色悪いだろ」

そっけない答えだった。

「時が戻る前は仲が良かったわ。心の底から信頼し合ってたもの」

「それは俺じゃない。絶対に違う」

お墓に焦点を合わせたまま、ぼんやりとアーヴェルは言った。

「嫌ってるのはショウの方だ。俺が問題ばかり起こす出来損ないだから」

「そんなこと、ショウは思ってないわ」

「思ってるよ。あいつもみんなも、本心じゃそう思ってる。俺はショウとは違うんだ。父親に似ても似つかない、根が腐った成り損ないだ」

アーヴェルの手を握った。

「ねえアーヴェル。このままだといつか後悔してしまうわ。愛していたと気づいても、すべてを失ってからじゃ遅いのよ」

このアーヴェルが、あのアーヴェルと違っても、愛された記憶がこの胸に残っている。それを今度は、わたしが彼に与えてあげたい。

沈黙があった。わたしが握る手から、アーヴェルは逃げない。空気をわずかに揺らす呼吸を吐いた後、アーヴェルはようやく小さな声で、囁いた。

「……怖いんだよ。ときどき、兄貴が、俺を憎んでるんじゃないかって、思うんだ。俺だって、望んで生まれてきたわけじゃない。魔法だって、使えない方が良かった」

アーヴェルの声は震えていた。瞳が、見る間に悲しみに染まっていく。きっとこれが、彼の本音なんだろう。いつも強気なアーヴェルの少年時代が、これほどまでに孤独で傷つきやすく繊細だったと、誰が気づいていただろう。今になって知る。アーヴェルのショウへの反抗は、いつか捨てられることへの恐怖ゆえなのだと。

「それに実際のところ、こう思ってる奴もいる。俺とショウは、血が半分だって繋がってないんじゃないかって」

驚き言葉が見つからないわたしをよそに、アーヴェルは自虐的に口の端を歪めた。

「俺の母親は別の男との間に俺を作ったんじゃないかって、そう言ってくるんだ。実際、そうなのかもしれない。俺は他の一族に、外見だって似てねえしさ」

「誰がそんなこと言うの」

「皆だよ、みんな」

「それをショウに言ったこと、あるの？」

アーヴェルは首を横に振る。

「言えるかよ。ただでさえ、俺の母親が兄貴の母親を皇妃の座から引きずり下ろしたんだ。兄貴の母親は追い出されて、子供にも会えないまま死んだ。魔法が使える子供を親父は望んで、見事一人目で生まれた。わかるだろ、魔法が使えない兄貴の代わりに俺が作られたんだ。だけど、その俺の血が繋がってなかったら？　――だから怖いんだよ。兄貴が俺を憎んでるってはっきり言葉にされたら、俺に価値なんてなくなる。フェニクス家でもない、皇帝への裏切りを働いた女の子供だ。魔法だって並だ。そのうち戦場へ派遣されて、死ぬのが関の山だろうさ。死んだって、きっと誰にも悲しまれない忘れられた存在が、俺だよ」

握る手に、力を込めた。

「そんなに卑屈になっちゃだめよ。みんななんて、存在しないわ。あなたを傷つけることを目的にしている卑怯な人たちの言葉になんて、耳を貸す必要ないのよ。大丈夫よ、あなたたち、本当にそっくりだもの。目の色や、性格もね。二人の血の繋がりは、一番近くで見てきたわたしが保証するわ」

アーヴェルは、握るわたしの手をじっと見つめたまま、再び黙った。ざ、と足音がしたのはそんな時だ。

「アーヴェル、聞いたよ」

そう言いながら、現れたのはショウだった。アーヴェルがわたしの手を離し、慌てて自分の目を拭う。彼が文句を口にするより前に、ショウは言った。

「少し、歩こうか」

三人で、庭を歩きはじめた。

出始めた星々が見守る中、先頭を歩くショウが、静かに笑う。

「唯一の家族の私がアーヴェルを信じなくてどうするんだと、さっきセラフィナに怒られてな――。そうして気がついた。思えばお前と、随分久しく、まともな会話をしていなかったということに」

アーヴェルは、無言で聞いている。

「私はいつの間にか、途方もなく保守的で間抜けな人間になり下がっていた。偉大な父を持っていたが、自分は辺境に追いやられ、うだつの上がらない生活を送っていることが恐ろしかった。ともかく何かをしなくては、と始めた商売人の真似事が上手くいき、打ち込むことで逃げていた。叔父や周囲の期待や……お前という存在から、逃げたんだ。逃げることこそ最大の恥だとも思わずに」

足を止めずに、ショウは言う。

「なあアーヴェル。私がお前を憎んでいるんじゃないかと、言ったな」

アーヴェルが唇を噛みしめ、両手を握りしめるのが見えた。ショウの声が、穏やかに続く。

「お前はいつか、言ったんだ。いつまで血の繋がりに固執するんだと。血族の絆などないと、お前は思っていた節がある。だけど少なからず確かに絆はあるのだと、私は思うよ。お前に初めて会ったのは、生まれてから一年も経った頃だった。弟だという実感はなかった。私に似てもいなかったし、初対面だったしな。小さく蠢き、たまに泣く、奇妙な生き物でしかなかった。……お前を一度も憎まなかったか――それは多分、正解じゃない」

アーヴェルが、身を硬くするのがわかった。振り返らずに、ショウは言う。

「私は多分、羨ましかったんだ。父上がどちらを後継者にする気だったかなど、もうわからないが、最終的に選ばれたのはお前だったんじゃないかと、思わずにはいられなかった。魔法が使える子供が望まれ、魔法が使えない私など、いらなかったのだと、言われているように感じていたんだ。だけど、二人して北部に放り出され、泣いている幼いお前を見た時に、守れるのは私しかいないと思った。お前は私の弟に、私はお前の兄にならなくてはならないと、思ったんだよ。だから、お前が私たちのためならなんでもできると言ってくれた時、嬉しかったんだ。心の底から嬉しかったんだよ。ようやく私は、お前の兄になれたのだと、そう思った」

ショウは、どこまで彼自身の記憶を思い出しているんだろう。それはひとつ前のループで、アーヴェルがショウに言った言葉だった。アーヴェルは、首を横に振り、声を詰まらせながら言った。

「二人が見てるのは幻想だ。そいつは俺じゃない。俺は一度もそんなこと、言ってない」

「いいや、それも確かに、お前だった」

しばらく無言が続き、ある場所で立ち止まった。ショウが大切にしていた「アニキノキ」の、前だった。ショウは、驚くべきことを口にする。

「アーヴェル。お前の手で、燃やしてくれないか」

わたしもアーヴェルも動けなかった。だってこの木は、ショウにとって特別な思い入れのある木だ。それを容易く燃やせるはずがないのに、ショウは言う。

「この木に花が咲くのを二度見た。一度目はセラフィナによって、二度目は、アーヴェルによって。十分だ。私は幸せ者だよ。いつまでも過去に縛られていては、未来を見失ってしまう」

アーヴェルが、困惑気味に尋ねる。

「いいのかよ」

「いいんだ。これは、ひとつのけじめのようなものだから」

わたしがアーヴェルの背を押すと、彼は一歩進み出て、両手を木に向ける。次には手から火花が散り、あっという間に木へと燃え移った。

木が燃える。後戻りは、もうできない。

ショウが、棒立ちのままのわたしとアーヴェルの肩を抱く。

「何もかも失っても、何も残っていないわけじゃない。今日という日が絶望に塗り替えられても、希望は無限に生まれてくる。今日夢に敗れたら、明日からまた、新たに見ればいいだけさ。そうだろ――」

自分にも、言い聞かせるような口調だった。ショウの言葉は、わたしの胸にじんわりと染み渡る。そうだ、また、始めればいいんだ。それだけだ。

炎がわたしたちを照らし、背後に影を作った。三人分の影はまとまり、まるで巨大なひとつの生物のように蠢いた。枯れた木は焼かれ、見る間に面影を失っていく。空を目指して浮かび上がっていく火の粉が、わたしたちの瞳の中に無数にきらめいた。

アーヴェルはいつだって、わたしが幸せと喜びだけを感じられるように、目と耳を塞いでくれていた。だけど幸せだけ感じて生きてはいけない。喜びだけ受け入れることなんてできない。だってどうしたって、幸せの裏には不幸が、喜びの陰には悲しみがあるのだから。誰かを守りたいと思った時、綺麗事だけではままならない。人を傷つけてでも全うしなくてはならない時が、わたしたちには必ず来る。

自分が作り上げた炎を見つめながら、アーヴェルがぽつりと言った。

「なあ兄貴。さっき、壁に穴開けて、ごめん」

隣でショウが、笑った気配がした。

セント・シャドウストーンへ宛てて、北部への滞在を伸ばすと手紙を書いたけれど、返事もないままに了承された。それをいいことに、わたしは数週間、この家に留まっていた。

アーヴェルとの関係は、友人だったたと思う。彼はわたしに恋はしていなかったけれど、少なくとも初対面の時よりは心を許してくれていた。わたしとショウが語る今までのループの話も、半信半疑ではあったけれど、頭から否定することはない。だけど積極的に反乱を起こそうとする気も、今の彼にはなかった。彼の目下の悩みは、兄弟関係にあるようだった。

わたしが側にいつもいることに、彼は初め文句を言っていたけれど、今はもう慣れたもので、そういうものだと諦めていた。そんなある日、二人でソファーにいる時に、彼は読んでいた本から顔を上げるとぽつりと言った。

「このところ、兄貴が優しくて気味が悪い」

「本当はずっと優しくしたかったのよ」

微笑み返すと、アーヴェルは首を横に振る。

「前は目さえ合わせようとしなかったくせに。俺を嫌ってたんだ」

「どう接していいのかわからなかっただけよ」

未だにショウの愛情を信じきれていないアーヴェルに、わたしは何度も言い聞かせていた。

「本当は情熱的で愛のある人だもの。あなただって、前はそれを知っていたわ」

アーヴェルは小さく唸ると納得したように頷いた。

「……最近、家にいるのは嫌じゃない」

確かに外にいる友人の家には行かずに、アーヴェルはお屋敷に留まっていた。

彼が心からの安らぎを得て、家を好きになっていく姿が嬉しい。喜びに浸っていると、ふとアーヴェルに見つめられていることに気がついた。わたしの知る彼よりも少しだけ寡黙な彼は、何を考えているのかわかりにくい。だけどどうしたってわたしは彼が好きだったから、見つめられると頬が赤くなる。

「ど、どうしたの？」

アーヴェルは持っていた本を机の上に置くと、真剣な表情でわたしを見た。

「あのさ、一応、言っておこうと思って。俺も俺なりに、考えたんだ。俺、お前の知ってる俺よりり、全然魔力は弱いと思うけど、それでも力になるよ。兄貴のためにっていうのは癪《しゃく》だけど、あいつに死んで欲しいと思ってるわけじゃないし、ドロゴたちにあいつが殺されるのは、やっぱり嫌だ。俺、頼りないかもしれないけど、兄貴がまた反乱を起こすんだったら、一緒に戦うつもりだ。兄貴が誰かに殺されるっていうんだったら、全力で守るよ。お前の――……セラフィナの、ことも、守る。だから、あんまり心配すんな、大丈夫だからさ」

胸がいっぱいになる。アーヴェルが慌てて服の袖をわたしの顔に押しつけた。流れ出た涙が、彼の服を濃く染めていく。

「おいちょっと、こんなことで泣くなよ」

「だって、アーヴェルは、やっぱりアーヴェルなんだって、思ったら！　わたし、あなたが好きなの、大好きなの！」

「俺も好き……だよ。お前ってまだガキだし、恋愛感情かどうかわかんないけど、なんか放っておけないし」

「やったー！」

聞いた瞬間、両手を上げて、喜びに叫んだ。涙は引っ込む。勢いに、アーヴェルが面食らったような顔になる。

「ほんとにわたしのこと、好き？　嬉しい！　キスしてアーヴェル！」

「え、なんで？　やだよ。お前みたいのにキスしたら、倫理的にやばいだろ。もっと大人になったらな」

「わたし、もう大人だわ。あなたが知らないようなことも、いっぱい知ってるんだから。でもいいわ。アーヴェルがその気になるまで待ってるから」

それはいつか、アーヴェルがわたしに思ったようなことだったから、思わず笑う。

「わたし、アーヴェルにたくさん好きって思ってもらいたい」

「前の俺は腐るほど言ってたんだろ。じゃあ別に、もういらねえだろ」

頭をかきながら言うアーヴェルに向かって、首を横に振ってみせる。

「ううん。何回だって言って欲しい！　毎日毎分、毎秒、わたしの顔を見る度に、わたしのことを好きって思ってもらいたいの！」

好きって言ってもらえたことが、嬉しくてたまらない。アーヴェルが、少し困りながらも、わたしの頭をくしゃくしゃになでてくれたから、勢いに任せて抱きついた。

「わたしね、アーヴェルじゃなくちゃ、嫌なの。他の誰でも、だめなの」

生きて、今ここに存在している彼の、すべてが愛おしかった。彼は、ぎこちなく抱きしめ返してくれる。

「今までの俺がどういう風にセラフィナに接してたか知らないし、同じように愛せるかわからない。命が懸けられるか、自信もない。前の俺がどんな思いで生きたのか見当もつかないし、今の俺がそれと同じ思いなのかもわからない。でも、大切にしたいと、思ってる」

素直な言葉だった。温かな彼の体温を感じていると、不思議なくらい、心が凪《な》いだ。どんなアーヴェルだって、それがアーヴェルなら、わたしは何度だって好きになる。どんな彼だって愛してる。

アーヴェルが、あまりにも穏やかに笑うから、わたしの胸は締め付けられる。わたしが彼を振り向かせるために、どれほど馬鹿なことをしでかしたのか、全部伝えたら、どんな顔をするのかな。

わたしの中には、今までのセラフィナが過ごしてきた記憶が蓄積されていて、シャドウストーンや帝都に住んでいたことも覚えているけれど、思い出すのはどれも、このお屋敷で、アーヴェルとショウと過ごした日々だけだ。

サンルームで、本を読むのが好きだった。あの頃世界は完璧で、わたしは春の木漏れ日の中で、ブランケットに包まれる子猫のように幸福だった。だけどいつまでも、守られるだけの泣いている、何もできない少女じゃいられない。不幸を終わらせるためには、わたし自身が行動しなくてはならなかった。


早朝に、フェニクスのお屋敷を出た。

馬車を用立ててもらった使用人の他にも、数人はわたしに気づいていたけれど、ショウとアーヴェルには絶対に黙っておくように念を押す。シャドウストーン家に帰りたくなった、と彼らには説明をして、疑っている様子はなかった。

遠ざかっていく高い山々に、心の中で、別れを告げた。わたしを育て直してくれた大好きな人たちに向けて、何度も何度もさよならを言った。

帝都に入ったのは、東の空が白む頃だ。すでに人々は起き出していて、銘々の生活を始めている。目立たない場所で馬車を降りた。身寄りのない魔法使いは、帝都の宿舎に住むことになっていたから、バレリー・ライオネルの家がどこにあるのか知っていた。わたしは彼との決着を、つけなくてはならなかった。

バレリーが、どんな過去を過ごしてきたのか、わたしは知らないし、想像さえできない。だけど確実に言えるのは、彼の人生に、わたしにとってのアーヴェル・フェニクスは現れなかったということだ。孤独の中で、復讐心だけを磨いてきた哀れで空っぽの人間。アーヴェルを得なかったわたしも、そうなっていたのかもしれない。

心を固めるために、少しだけ歩いた。そうしながら、愛を知らない悪女のセラフィナのことを、わたしは考えていた。

暗く輝く悪の女は、人々を強烈に惹きつけて、等しく地獄へ引きずり込んだ。その頃のわたしに善の心なんてひとつもなかった。でもたったひとつだけ純粋なものがあったとしたら、それはアーヴェルへの恋心だった。彼が、心の底から欲しかった。だから世界はやり直された。

セラフィナたちの人生は混ざり合い、境界をなくしてしまっていた。すべてのわたしたちの記憶と無念が、今のわたしに引き継がれていた。

大丈夫よ、セラフィナ。

わたしは自分を抱きしめた。怖がらなくていい。人に愛されなければ自分を大切に思えないのなら、今はもう、わたしはわたしを愛している。わたしは自分を、大切にしてあげられる。こんなに幸せなことってないわ。

朝焼けは、そんな決意を祝福するかのように、わたしを照らし、輝かせた。

宿舎に辿り着き、さあいざ入ろうとした時だ。後方から、にょきりと現れた人物に危うく悲鳴を上げそうになる。

だってとうに北部に置いてきたはずのショウ・フェニクスが、目の前にいたのだから。

「ショウ……どうして」

渋い表情を浮かべたショウは、わたしを見据えて静かに言った。

「私とアーヴェルには恐れがあった。君が一人で帝都に行って、バレリーと戦うつもりでいるのではないかという、恐れだ。君が本当にシャドウストーンに帰りたいと思ったなら、それでいい。だが君が帝都に行ったとしたら――。だから、君の不在が判明した直後に帝都に向けて出発した。宿にも寄らず不眠不休で、恐ろしいほどに急いで、さっき着いたばかりだ。数日経ってもここに現れなければ、帰るつもりだったよ。だが君はやってきた。間に合って良かった」

わたしが帝都を彷徨《さまよ》っていなければ、追いつかれることはなかったのかもしれない。

「わたし、二人を危険な目に遭わせたくなかった」

「わかってるさ。だが私たちは危険な目に遭いたいんだ。君が抱える荷物を、少しでも分けて欲しい。人一人が両手で抱えきれる量なんて、たかが知れているだろう。これは君だけの問題じゃない。私たち、全員が負っている責任だ。だから一緒にいさせてくれ。弾よけくらいにはなるだろうから」

ショウの言葉はいつも真摯で、わたしの胸にまっすぐ落ちる。わたしがショウを思っているのと同じくらい、ショウもわたしを思ってくれているのだと、疑いようがなくわかる。

だけど今は感慨に耽る時ではない。周囲を見回し、わたしは言った。

「アーヴェルも来ているの？」

「近くを探している。直に戻ってくるだろうから、待とう」

うん、と頷こうとした時だ。声が、響いた。

「その必要は、ないよ」

心臓が熱く燃えたような気がした。それが、バレリー・ライオネルの声だったから。

バレリーは、いた。橋の上、わたしたちから、数メートル離れた、その先に。幼いはずの彼には、あどけなさなど微塵もなく、朝の光の中、何もかも超越したかのような表情で、ただ悠然とそこに存在していた。衝撃を受けたのは、彼が一人ではなかったことだ。背に、銃を突きつけられているらしい少年が、ひどく申し訳なさそうな表情で、バレリーの前に立っていた。

「ごめん、捕まった……」

「な、なぜ」

ショウが力なく呟いた。

情けない顔をしてバレリーに捕まっている少年こそ、わたしにとって唯一無二の愛する人、アーヴェル・フェニクスその人だった。バレリーはすでに部屋から脱出し、外にいて、わたしを探していたアーヴェルを捕らえたのだ。

「北壁のフェニクスが、帝都に入ったことには気がついていた。城へは行かずに、僕の家の近くにいることも。ずっと見張っていたからね、気がつくのは容易い」

アーヴェルを盾にして、バレリーは微笑む。

「もう、無理だよセラフィナ。どうして自分たちだけが精神を過去に引き継いだなんて思えるんだ？　僕を倒しに来るだろうなんてことはさ、当然予測済みなんだよ。僕は死の間際、精神に記憶を焼き付けた。記憶を持ち越すには、当たり前に強い魔力が前提だけど、思い出せるかどうかは、それにも増して強い意志が必要だ。前へ前へと突き進む、誰にも負けない、決して揺らぐことのない強い意志だ。アーヴェル・フェニクスの魔力は誰かを起点に世界を再構築するには十分だったからね。保険のつもりだったけど、本当に役に立った。結果、僕は勝つんだから」

楽しげに、バレリーは言う。

なぜ彼は姿を現したのだろう。彼の動機がフェニクス家の皆殺しで、一人いたアーヴェルを見つけたなら、さっさと殺してしまった方がいい。そのうえで身を隠し、ショウを次に殺せばいい。その方が、遙かに危険は少ない。なのにそうはしなかった。

なぜ？　わざわざアーヴェルを生かし、人質にして姿を現した理由は、何？　理由が、一人ずつ殺す手間を省き、わたしたちを一度に相手しても勝てるというだけの、自信があるゆえなのだとしたら。

「残念だったたね、君のアーヴェルさんは何も知らない少年になってしまった。先のアーヴェル・フェニクスは脅威だったけど、今の彼は僕の敵じゃない。ねえセラフィナ。君はもう詰んでいるんだよ。僕はすでに、君のお父様と取引した。——呪いをもらったんだ」

ぞわり、と背筋が凍り付く。玉座の間の虐殺を思い出した。わたしたちへの憎悪だけで成り立っているあの呪いを、バレリーは再び得ているというの。

「だけど諸刃の剣でしょう！　お母様の加護のない呪いは、わたしの時と違ってあなたを容易く殺すわ！」

前の世界の中で、バレリーが呪いを宿したのは反乱の直前だったに違いない。せいぜい三、四週間だ。その間にも呪いは、彼を蝕み続けていた。呪いを使うほど命を削り取られると、彼は言っていた。なら今目の前でぴんぴんしている彼はまだ、呪いの力を行使していないに違いない。

「ひとつ前の世界で、僕はロゼッタさんの魔導具再現の研究に協力していたんだ。そしてそれは完成していた。あとは魔力を溜めるだけだったんだから、僕らだって本当に惜しいところまで行っていたんだよ」

バレリーはそう言って、首元にぶら下げていたらしい紐を引っ張り上げた。紐の先には、掌ほどの大きさの、平べったい円盤が付いている。白い石に描かれた見事な装飾は、線が絡み合い複雑な模様を作り上げ、魔力の蓄積と放出を表していた。

「ほらセラフィナ、これがシャドウストーンに伝わる魔導具だ。魔法使いを殺し、魔力を奪い続けてきた忌まわしき道具だよ。存外小さいと思ったかな。魔導石を圧縮し、凝縮して、小型化したんだ。君のお母さんが壊したものは、もう少し大きかったんだと、ロゼッタさんは言っていたよ」

さながら食事の席での世間話をしているとでもいうように、バレリーの声は穏やかだ。

「嘘よ！　そんな簡単に呪いが除去できるわけがないわ！　できたらお父様はとうにやっているはずだもの！」

「もちろん、呪いを井戸から取り出すのだって、無事にはいかなかった。僕の命の残りは、そう長くない。でも、フェニクスを滅ぼすまで、時間が稼げればいいんだ」

希望は打ち砕かれる。バレリーは、自身に呪いを受けてきたわけじゃない。呪いを取り出し、殺戮の歴史そのものを溜め込んで持っていたのだ。

「どうしてそこまで、捨て身なの……？」

バレリーはまるで自分など、少しも大切ではないみたいだ。わたしにはできない。わたしは自分が大切だ。わたしたちが必死に生きて失った世界が、今のわたしを生かしているのだから。

バレリーは、じっとわたしを見つめる。

「君は変わったんだね。でも僕は、変わらない。どこまで行ったって、これが僕の、存在意義だから。さあ、おしゃべりは終わりにしようか」

ショウがわたしを庇うように抱きしめた。涙が溢れ、目を閉じた。無魔法・無価値・無能のセラフィナ――。結局わたしは何も覆せなかった。

動けなかった。断罪を待つ罪人となんら変わらず、バレリーが呪いを行使しわたしたちを殺すその時を、ただ待つことしかできない。わたしたちにこれ以上の切り札はない。カードはすべて使ってしまった。ジョーカーを持っているのはバレリーだ。

この場に似つかわしくない声が響いたのはその時だった。

「お。ちょっと待てよ、できるじゃねえか」

ショウの腕の中から目を開けると、あろうことかアーヴェルが不敵に笑っているのが見えた。両手を上げたまま、悪戯を思いついた子供のように目を輝かせる。

「おい兄貴！　俺の婚約者をいつまでも抱きしめてんじゃねえ！　さっさと離れろ！」

言ってから、アーヴェルは、わたしを見た。

「泣くなよセラフィナ。大丈夫だからさ」

そうして彼は、わたしのよく知るあの大好きな笑みを、浮かべる。

「……あのさ俺この前、お前とキスするのやだっつったけど、俺たちが、本当に大人になったらさ、そうなったらいいなって思ったんだ。手を繋いで、デートして、キスして、夜はどっかいいところに泊まってさ。お前はずっと楽しそうに笑ってて、だから俺も、多分楽しいんだ。そういう風に、生きていくんだったら、未来が結構、楽しみになった。そんな未来のためだったらさ、命なんて、何回だってくれてやるよ。約束してくれセラフィナ、決して諦めず、絶対に幸せになるってことを」

目の中に、わたしだけを映して、彼は言う。

「呪いの中にはエレノアがいる。やることはわかってるだろ？」

アーヴェルは次に、顔だけをバレリーに向けた。

「お前、バレリー・ライオネルとか言ったな！　確かに俺たちの親父がユスティティア家をぶっ潰したことは紛れのない事実だよ。だけどそれがどれほどの不幸だって？　一族郎党いない奴なんてざらにいるだろ！　それにいたとして、いた方が不幸だってこともあるぜ！」

言ってアーヴェルは、ショウを指さした。

「あの男を見ろ！　父親は母親を捨てて魔法使いと結婚して、でもその父親は叔父に殺され、自分は北部に追いやられて、後ろ指さされながら雪に囲まれて一生を終える、誰に言わせても紛れもない不幸の人生だ！　親戚はいる。でも保身しか考えてないクソどもだ。叔父もクソ、従兄弟もクソ、弟もクソだ！　だけどどうだ、あいつは俺やお前とは違う！　自分を哀れまず、人として誰よりも真っ当に生きてるじゃねえか！　俺は、不幸ぶって他人に当たり散らす、お前みたいな奴が一番嫌いなんだよ、ばーーーーーか‼」

アーヴェルはひと息にそう言い、バレリーの持っている銃型の魔導武器をその手ごと掴むと、自分の口に突っ込んで、止める間もなく引き金を引く。

アーヴェルの後頭部から、彼を司っていたものがこぼれ落ちていく。

ショウと、わたしの叫び声が、重なった。

バレリーの青い瞳に、アーヴェルの体から出た真っ赤な飛沫が映り込む。

驚愕の表情でバレリーは、ただアーヴェルを見つめていた。アーヴェルの体が地へと崩れ落ちるのが、恐ろしいほど長い時間に感じられた。あまりにも呆気なく、最愛の人の命は終わってしまった。

バレリーも、叫んでいた。手はアーヴェルの血に染まり、心の底からの咆哮を上げる。

「どうしてあんたは！　どうしていつもそうなんだ！　ふざけるなよアーヴェル・フェニクス！　どこまで僕を馬鹿にする気だ！」

バレリーの体には異変が起きていた。皮膚には血が滲み、ぽろぽろと剥がれていく。誓約の代償を払っているのだ。目と鼻から、黒い血が流れ落ちる。

それはかつて、わたしがバレリーに誓わせた呪いにも似た約束だ。――アーヴェル・フェニクスを殺してはいけない。

誓約のことを、わたしはアーヴェルに話していた。だからアーヴェルはそれを逆手に取り、自分を殺させることで、バレリーを滅ぼそうとしている。数秒もすれば、バレリーを殺そうとしたジェイドお兄様のように、誓約に命を奪われる。

だけどバレリーは、これで諦めたりはしないはずだ。バレリーが次に何をするか、アーヴェルは勘づいていた。首からぶら下げていた魔導具を手に握りながら、バレリーは叫んだ。

「呪いを成就させてやる！　亡者ども！　この国のすべての魔法使いから命と魔力を奪い取れ！」

瞬間、魔導具から黒い霧が噴出した。ショウがわたしの体を掴み、建物の陰に寄せたけど、意味があるかはわからない。漆黒の霧は広がり続け、巨大化し、空を覆い、夜のように周囲を闇に包み込んだ。

物が壊れる音と、人々の悲鳴が、あちこちから聞こえてくる。バレリーが言う。

「呪いは増殖し、魔導具によって、収束する。帝都には魔法使いが多いから、手始めには都合がいい。いずれは国中の魔法使いを殺して、魔力を奪い取ってやる。僕の体が崩れる側から、魔力を注ぎ込んで保つんだ」

呪いによって生かされ続けるバレリーは呪いを溜め込む魔導具と相違ないだろう。ショウが、小声で囁いた。

「セラフィナ、隙をついて逃げろ。彼の狙いは結局のところ私だ。魔法使いでない君は、上手くすれば逃げおおせる。私が彼の前へ飛び出すから、君は反対側へ走るんだ。行くぞ、一、二、三――」

「待って！」

本当に飛び出そうとするショウの服を引っ張り止めた。バランスを崩した彼は、勢い余って地面に両手をつく。

アーヴェルは言った。あの呪いの中に、エレノア・シャドウストーンがいると。この意味が、わかる。お母様がわたしを守る祈りによって、呪いをバレリー・ライオネルから奪い取れると、アーヴェルはそう思ったんだ。

アーヴェルを殺したバレリーが誓約を受けて死にかければ、魔導具の中の呪いの力を借りるしかない。その中にわたしのお母様がいるならば――勝機はそこにある。だからアーヴェルは、自分の命さえ賭けのテーブルの上に乗せて、わたしにやれと言ったのだ。

「行かなくてはならないのは、わたしよ」

止めるようにショウが腕を掴んだけど振り払って、大通りに飛び出した。空の黒い霧を見上げていたバレリーは、わたしへと顔を動かす。

「まだ、僕に用があるのかい」

その目からは、黒い血が涙のように滴り落ちている。だけど状態は安定し、先ほどよりも良さそうだ。用があるのは、バレリーじゃない。

この宿命に、自分がしでかした一切のことに、終焉を告げなくてはならなかった。頭上の漆黒の塊に向かって、手を精一杯伸ばす。

「お母様！　わたしを助けて！」

バレリーの声がする。

「エレノアがいたとして、君を助けるわけがない！　彼女は夫を憎んでいた。彼女もまた、シャドウストーンを呪っていたんだよ。彼女の呪いは井戸の中で同化した。もう祈りなど存在しない！」

違う。わたしはお母様の愛情と信念を確信している。

生家にいた頃、悲しい思いをした日の夜は、いつだって同じ夢を見た。夢の中で、誰かが泣いている。それは時にわたし自身で、そうして時に、お母様だった。だけど悲痛に泣きながらも、わたしに呼応し力をくれたのは彼女だった。彼女の祈りに守られて、ひどくいびつに歪みながらも、どんな時もわたしは願いを叶えたのだ。

空が、応じるように、揺れた。そうして次に、小さく、本当に小さく、霧が裂ける。その割れ目から、絹の糸のように光る、心許ない黄金の光が、わたしに向かって降りてきた。

祈りがちぎれ、希望が果てて、光が黒く塗り替えられても、お母様はずっとそこにいてくれた。わたしが信じ、求めさえすれば、彼女はわたしを守るために、どんな地獄からだってやってきてくれる。光が手に触れ、わたしを包む。

ああ、何度目だろう。わたしは魔法を得たのだった。

吹けば飛んで消えそうなほど、弱々しい力だった。だけど井戸に充満した呪いは、エレノア・シャドウストーンという形を得て、彼女と境界が混じり合った。以前バレリーの肉体という器に入れられた呪いにはお母様の祈りは届かなかったけど、魔導具に入れられた呪いには、お母様の祈りもそのままそっくり入っている。

呪いの主導権は、理由もわからず命を落とした無数の魔法使いが持っているのではない。わたしを守ろうとする明確な意思を持って死んだ、お母様が握っているのだ。

黒い霧が、わたしに向かって触手を伸ばす。呪いは祈りへと変貌し、莫大な怨念が、わたしの力へと変換されていく。

「無念を抱え道半ばで散った亡者たち、わたしを彼に勝利させなさい！　セラフィナ・セント・シャドウストーンの勝利は、わたしだけの勝利を意味しないわ。わたしの勝利は、エレノア・セント・シャドウストーンの勝利であり、ショウ・フェニクスの勝利であり、アーヴェル・フェニクスの勝利であり――そうして、今まで虐げられ続けてきた、あらゆる弱者の勝利だわ！　そう信じ込んでいるのなら、敬意を持ってそう呼ぶわ！　バレリー・ユスティティア！　わたしはあなたに打ち勝って、幸福へ辿り着いてみせる！」

バレリーは、起こっている事実を、拒絶するかのように、首を左右に振る。

「エレノアは、シャドウストーンを呪って死んだ。孤独と絶望の中で、世界よ滅べと願ったんだ！　だから君に力を貸すなんてあり得ない！」

まるでだだをこねる子供の癇癪か、あるいは世間に絶望し悲痛に叫び神に懇願する聖者のようだ。

「あり得るわ。だってそれが、母というものだもの。母は子供を、守るものだもの」

バレリーは、唖然として打ちのめされているようにも見えた。

わたしの心を、悲しみが支配した。彼の佇まいが、どうしようもなく、幼い頃の自分の姿と重なった。何も知らずに生まれてきて、何もできずに虐げられ、自分が無価値だと、毎日繰り返し、思い知らされたあの頃の、可哀想な女の子。それ以外の自分を知らなかった、狭い世界を生きる少女。

バレリーは言った。復讐こそが自分の存在意義だと。でもこうとしてしか生きられない、はずがない。わたしは変わった。たくさんの出会いと喪失を繰り返し、知ったのだ。人生には、無限の意味があるということを。

「あなただって、本当は知っているはずよ。人と人の間には、切っても切れない絆が、自分でも気づかないうちに生まれて、そうして二度と、切り離せはしないということを。知らないうちに、心の中の大切な空間が広がっていくという幸せを、知らないとは言わせないわ」

反乱を起こした戦地において、バレリーは、アーヴェルに向かって、わたしたちのことを好きだと言ってくれた。アーヴェルの返事を聞いた彼の、照れくさそうな笑みを、彼の記憶を通して知っている。復讐だけが、いつもあったわけじゃないはずだ。誰かを殺すことだけをひたすら考え続ける人生なんて、そんな悲しい生き方は、この世に断じてあってはならない。

バレリーは、ゆっくりとわたしから目を逸らし、地面を見つめた。

「ああ、そういう、ことか」

彼の流すどす黒い涙の中に、透明な涙が、混ざった気がした。

「何度も上手くいかないのも、無理はない。もうお仕舞いだ。これで本当に、終わりだ」

その先にある虚無を見つめているかのように、彼の瞳は濁っている。その間も、わたしの体は黒い霧を吸収し続ける。帝都の魔法使いを虐殺したのであろうこの呪いは、わたしが知っているものよりも遙かに魔力の質量を増していた。空は徐々に明るさを取り戻し、大勢の人々が、建物の中から息を潜め、わたしたちを見守っている気配がした。

地面を見つめていたバレリーは、緩やかに目を閉じ、再び開いてわたしを見た。その青い瞳は、いつもと同じように澄んでいて、とてもこんなことをしでかした人間には思えない。

「……初めから、こうすべきだったのかもしれない。だけど僕は、もう引き返せないほど高い場所まで登り詰めてしまった。ねえエレノア。僕の、意図がわかるだろう?」

瞬間、自分の意思に反して、両手がバレリーに向けられる。下げたくても下げられない。急速に、手の先で魔法が作り上げられていく。

自分の中の何者かが、バレリーに魔法をかけようとしていた。これが、どんな魔法なのか知っている。人を、過去に戻してしまう――あの魔法だ。だけど少しだけ違うようにも思えた。あの魔法よりも、ずっとずっと莫大で途方もない力が、わたしの手先に出現していた。

「ねえセラフィナ。どうして時を戻すのが、肉体じゃなくて、精神だけなのか、わかるかい？　魔力が足りないからさ。相応の魔力がありさえすれば、肉体自体を過去に戻すのは、理論上は可能だ。だって精神にかける魔法と、肉体にかける魔法があるんだから、当たり前だよね」

小さく、バレリーは笑った。

「エレノア・シャドウストーンは、僕の意思を正しく受け取った。彼女は君の体を借りて、僕を過去に戻す」

「どうしてお母様！　彼に操られているの⁉」

お母様は何も答えない。

「い、嫌よ！　お母様、わたし、バレリーを過去に逃がすわけにはいかないの！」

必死に語りかけたけど、無意味だった。ついに魔法は黒い光となって、バレリーに向かって発出される。立っていられなくて、その場に倒れた。魔法に耐えきれなかった掌から、血が流れ出ていく。バレリーを見る。彼は黒い光に包まれていた。

周囲の景色が歪んでいく。

崩れ去る。またしても。曖昧になる。何もかも。世界が壊れる、音がする。

だけどわたしは、確かに見た。自分の手先にある、微かな光を。

「お母様、ここに、いるの……？」

か弱い光は、応えるように小さくきらめいた。わたしに残された、幸せで温かな、仄暗い、最後の魔法。血の滲む手を、握りしめた。

世界が崩れるその時に、ありったけを、わたしはわたしに向かって解き放った。迷いはなかった。

「まだ、終わっていないわ、バレリー」

わたしは誰もが恐れる悪女、セラフィナ・セント・シャドウストーン。自分の欲望を叶えるためなら、なんでもやってやる。

どんなに世界が繰り返されても、アーヴェルが、願ってくれた言葉を信じている。幸せになれと、いつも彼は言ってくれた。

一切が始まった瞬間があったとしたら、それはわたしがアーヴェルに初めて会った時だ。何も持たない空洞の心は、いとも容易く彼への恋心で満たされてしまった。

0回目

人生がとにかくクソだと自覚したのは、ようやくこの頃になってからだ。それまで、この俺アーヴェル・フェニクスは、信じ難いことに自分を幸運の上澄みのような存在だと思い込んでいた。だが大きな間違いだった。

特にクソなのは、従兄弟のシリウスの誕生日に開かれるパーティだ。正直、適当な言い訳を並べて行かないことも考えたが、良い案も思いつかないまま、参加する。

相も変わらず悪趣味できらびやかな装飾が並ぶ中、皇帝と皇子に適当な挨拶と祝辞を述べる。シリウスが嫌味のない爽やかな笑みを浮かべて言った。

「アーヴェル、来てくれて嬉しいよ。といっても、よく城で顔を合わせているけどさ。ショウは先に到着していたよ。婚約者を伴っていた。結婚間近だとか……とても美しい人だった」

言われて、セラフィナ・シャドウストーンの顔を思い浮かべようとしたが、上手くいかない。彼女の兄たちならば度々帝都で見かけ、上辺程度の挨拶は交わしていたが、子供の頃一度だけ顔を合わせているはずの当の本人は、印象がほとんどなかった。

未婚の貴族令嬢たちが俺目がけて寄ってきたので、彼女らの相手をこなし、数人と踊った後で、酒が回ってきたため、酔いを覚まそうと庭へ出た。

夜風が心地良く、一人で庭を歩いていた、そんな時だ。女の叫び声が聞こえたのは。

「いやあっ、離して！」

尋常じゃない気配だ。勘違いならそれでいい、ともかく声のした方へと走った。庭の木の陰、人の目から隠れるのにはうってつけの、そんな暗がりだ。見えた光景に眩暈と吐き気を催した。男が数人で、一人に群がっている。男たちの隙間から、激しく抵抗する白い手足が見えていた。

「おい、何を――！　何をしているんだ‼」

俺が魔法使いで良かったと思うべきだろうか。一人二人痛めつけたところで、残りは倒れる仲間を抱えて逃げていった。どこかで見た覚えのある顔の奴もいて、探ればお仲間共々引っ張れるだろうが、優先すべきはそれではなかった。

すすり泣く声がした。庭の暗がりに、俺と見知らぬ少女だけが残されていた。

「……立てるか？」

手を伸ばし、触れようとすると彼女はびくりと体を震わせた。男に無理矢理触られていたということに、遅れて思い至る。男という性別の人間が、これ以上彼女の側にいない方がいいかもしれない。俺が女なら良かったが、そうもいかない。

「誰か、信頼できる女性を呼んでくるよ。一人でいられるか？　あいつらは、もう来ないと思うよ」

「だめ――！　言わないで！　お願い。誰にも知られたくないの」

大きな瞳を涙に濡らしながら、彼女は懇願した。

「ひ、一人で、立てるから……」

俺は自分の上着を脱いで、彼女の肩にかけた。土で汚れた顔と髪を、魔法で綺麗に拭い、ドレスの破れを直すと、初めて彼女が俺の顔を見る。

「あの……ありがとう」

そこでようやく、彼女がとても美しい顔をしていることに気がついた。汚れを知らぬ純粋無垢な少女のようでもあり、男を手玉に取る妖艶な女のようにも見える。つまりとてつもなく魅力的な人であり、だからこそさっきのような連中に、狙われたのかもしれなかった。

「自分が魔法使いで良かったたって、生まれて初めて思ったよ」

掠れる声で、それだけ答えた。

庭のベンチに、二人して腰掛ける。彼女を一人にしておけなかったし、だからといってパーティ会場に戻す気にもなれなかった。彼女も同じ気持ちだったようで、しばらくの間は、会場から漏れ出る音楽が流れる中で、互いに無言のまま過ごしていた。

やがて沈黙の後で、やっと聞き取れるほどの小さな声が聞こえてきた。

「わたし、何も、されていないわ。本当に、そうなの。あなたが、助けてくれたから……」

改めて聞くと、未だかつて誰の口からも発せられたことがないかのような、清らかな声色だった。

「体だって汚れてないもの。だから、さっきのことは、なかったんだわ。わたし、パーティに疲れて、庭にいたの。そうしたら同じように抜け出したあなたが現れて、二人で庭で踊ったんだわ。だから、会場に戻るのが遅くなったのよ」

彼女に合わせて俺も頷いた。

「そうだよ、俺は君と踊ったんだ。今起こったのはそれだけだ。それで今、踊り疲れて座ってる」

彼女が空を見上げたから、俺もつられて上を見た。地上の明かりが眩しすぎて、星は見えなかった。月だけがいやに大きな夜だった。

「だけど本当は、わたしダンスなんてできないの。婚約者の同伴で来たんだけど、下手を打たないようにと思って、庭へと逃げたんだわ」

「それでも君は踊ったんだ。君はダンスが下手で、だから俺は足を二度も踏まれた」

空想だ。そんなことは起きなかった。だが彼女は乗ってきた。

「でもあなたがリードしてくれたから、わたしはだんだん上達したわ。最後は二人で、上手く踊れたでしょう?」

そう言って、本当に小さくではあったが、彼女は初めて笑った。

その笑みを見た瞬間、俺は動けなくなった。人生がクソだとつい最近悟りを開いたばかりだが、こうも簡単に宗旨替えしたなど笑えることだ。だが確かに、時が止まり、心臓が脈打ち、体が電撃に打たれたかのようだった。俺は人生に感謝した。世界が輝いたようにさえ思えた。端的にいえば恋をした。こんな時じゃなければ、彼女にキスでもしたかもしれない。

だが今は、こうして隣にいるのが、俺にできる精一杯に思えた。第一、さっき彼女は婚約者と一緒に来たと言ったじゃないか。いやその前に、彼女がどこの誰かも知らないのだ。

再び沈黙が訪れた。彼女の組んだ両手の指先が、もじもじと動くのばかり目で追っていた。

「月が、綺麗ね」

空を見たまま、彼女は言う。

「あなたと、別の時に知り合えたら、良かった。今日のこと、本当にありがとう」

そう言って、立ち上がる。もっとここにいろと、引き留めたい気持ちを諫めた。

「わたし、セラフィナ・セント・シャドウストーン。名乗るのが遅くなって、ごめんなさい」

なんてことだ。空想しかけた未来予想図が、木っ端微塵に砕け散る音を聞きながら、俺も立ち上がった。

「驚いた。じゃあ君は、俺の義理の姉貴になるってことだ」

兄貴の婚約者であったということに、ショックを受けながらもそう言うと、セラフィナは目を丸くした。

「じゃあ、あなたは、アーヴェル・フェニクスなの？　ショウさんは、あまりあなたの話をしないから、とんでもなく悪い人なのかと思っていたわ」

否定はできない。眉を下げ、彼女はなんとも切なそうに微笑んだ。

セラフィナと会ったのは、これで二度目になるのだろう。一度目の時など互いに子供で、覚えてはいなかった。結局この後、彼女を会場へと送り届け、最後まで何事もなかったかのように、祝宴は終わった。

北部に行かなくてはならなくなったのは、パーティーの少し後だった。シリウスが頓狂で始めた気まぐれのひとつに、地方の風土を知るというものがあった。自分が皇帝になった時のことを考えているのかもしれないが、流石皇子と思うのは、自分で赴かずに下っ端を派遣して様子を報告させることにあった。だから下っ端の俺が向かったわけである。

順に町を巡り、最北に位置する小さな集落を訪れた時に、それは起こった。現地の中年の男が、俺に向かって話しかけてきたのだ。

「恐れながらフェニクス様。私の息子に、会っていただけないでしょうか。魔法使いで、来年から北部の学園へ通うことになっております。それでその――もしよろしければなのですが、学園や仕事のことを教えていただけませんでしょうか」

人のよさそうな男であったし、断る理由もなかった。

「いいけどさ。大した話はできないと思うぜ」

そう言うと、とんでもない、光栄だと男は笑う。帝都にいる人間とは異なる含みのない笑みを見るのは久しぶりだった。

男の息子は、まだ雪が残る家の庭にいて、俺を見ると礼儀正しくお辞儀をする。十二歳になったばかりだという、純朴そうな少年だった。家の中へと招き入れられ、学園の話と、魔法使いの進路の話を、多少良いように脚色して話してやると、少年は目を輝かせる。

「僕もアーヴェル様のような立派な宮廷魔法使いになります！」

果たして俺が立派かどうかは疑問なところだが、わざわざ否定することもない。

帰り際になり、俺の外套を取りに行った父親がいなくなった一瞬に、少年は、ふいに言った。

「アーヴェル様に、聞きたいことがあって。実は、それでお父さんに頼んだんです」

ズボンのポケットから、何かを握って取り出した。これなんですけど、と開いた手の中のものを見て、我が目をまず疑った。

「山で拾ったんですけど、不思議なんです。少しの間、魔力を溜めることができて、効果はすぐに、切れちゃうんですけど」

鳥肌が立った。それは魔導石の欠片だった。

数日その山間に滞在し、少年が魔導石を拾ったという場所を訪れる。地元では奇妙な事故が多いからと禁足地になっている場所で、だから少年は、魔導石を拾ったことを、誰にも言えなかったのだ。

奇妙な事故は魔導石が引き起こしたものだろう。幸運が重なっていた。北部は厳しい気候と資源のない土地柄、今まで誰も手をつけなかった。表出しているのはほんの一部だ。つまり未だ手つかずの、莫大な魔導石が、北の山に埋まっているということだ。まず間違いなく、戦争には勝てるだろう。それどころか――。

帝都に戻る前に、北部の屋敷に寄った。記憶の中と寸分変わらず、庭には不気味な枯れた木が植えられている。枝の上に止まる鴉が、やたらとでかい声で鳴いていた。わずかの郷愁が疼き、抑え込む。

兄貴は書斎にいて、近頃熱中している商売の帳簿らしきものを見つめていた。俺の訪問に束の間驚いたような顔を浮かべた後で、机を挟み、顔を突き合わせる。俺が魔導石のことを話すと、兄貴はその眉間に、さらに皺を寄せた。

「叔父上とシリウスには報告したのか」

第一声がそれだというのだから驚きだ。

「言ってどうする、掠め取られて終わりだ。だから兄貴にだけ話しているんだ。わかるだろ？あれがあればどんな望みだって叶う。ドロゴに勝る地位を築き上げることができる。北部を抜け出して、中央だって南部にだって行けるぜ」

「欲に目が眩んだ愚かな選択だ。叔父上に報告すべきだ」

まさかそんな反応が返ってくるとは思ってもみず、呆気に取られた。俺と兄貴の考えには、これほどまでに差があるのか。

「馬鹿言うな。なぜ自らの弱点を、どうぞ攻撃してくださいとさらけ出す必要があるんだ？」

静かに、兄貴は答えた。

「そうしなくては、守れないからだ」

それで何を守ってるって言うんだよ。俺の中に、期待を裏切られた失望が広がる。

「報告は待ってくれ。いや、しない方がいい。今の話はまるごと忘れてくれ」

勝手に期待され人知れず失望されたショウは、何を言うでもなく頷いた。激しい言い合いになることはなかった。そこに至るまでの絆さえ、俺たちの間にはなかったのだ。

だが数日のうちに、事は急転した。

ドロゴに呼び出され向かうと、玉座にふんぞり返った奴がいる。甥に会うのにもわざわざこの場所を選ぶのだから、心の底からいけ好かない野郎だ。

「北部に魔導石があるとショウが言ってな、急遽ロゼッタ・シャドウストーンを公国から呼び戻し、調査団を組織した」

聞き間違いかと思った。それほどまでに、何が起こっているのかわからなかった。

「本当に兄が、そう言ったのですか」

ドロゴは、大きく笑いながら言った。

「アーヴェル、お前も人が悪い。なぜすぐに報告しなかったのだ？　まさか魔導石を使って、悪巧みをしていたのではあるまいな。北部で守られ、苦労せず生きてきたせいか、お前には経験が足りない。良い機会だ、しばらく戦地へ行ってこい。今より大きい人間になれるだろう」

愉快そうな笑い声を聞きながら、俺は前皇帝の息子である自分の立場の危うさを、改めて実感していた。下手を打てば排除される。先手を打とうにも、味方はいない。ショウのように飼い殺されるのが、最も賢い生き方なのかもしれない。

自分が抱いているのが、失意なのか失望なのか、身勝手なわがままなのかも判断できないまま、数日後に迫った出発の前に、もう一度兄貴に会いに行った。惜別のためではない。本当に兄貴がドロゴに話したのか、確かめたかったのだ。

以前と同じように兄貴は書斎にいて、尋ねるとあっさりと認めた。

「ああ、話した」

怒りの前に、戸惑いが沸いた。

「なぜ話したんだ」

「この国の財産は、すべて皇帝のものだからだ。私やお前が持っていていいものなどない」

当たり前のことを尋ねるなとでもいうような口調に、ようやく俺の中で怒りがはじけた。

「なんでわからねえんだよ！　あんな奴の機嫌を取ってどうするんだ。あんたは守ってるんじゃない、媚びへつらって、何もかも差し出し誇りを捨てているだけだ！」

兄貴の表情に、変化はまるでなかった。酒場で喚く酔っ払いを見つめるように、その視線にはわずかな哀れみさえ含まれている。

「ドロゴは兄貴から、何もかも奪う気だ。初めは父親、次は権利、その次は財産、地位。そうして奪えるものがなくなった時、次に奪われるのは命だ。兄貴はドロゴに殺される！　そうなってからじゃ手遅れだ……！　あの魔導石は、俺たちの立場を変えることができる絶好の資源だった。それがなぜわからない！　どうして俺じゃなくてあいつを信用したんだよ！」

兄貴は俺の問いに答えない。

「戦地へ行けと命令があったんだろう。たったのふた月だ。それで反乱の兆しが許されるのならば、むしろ恩に着るべきだ」

言葉が出てこなかった。ショウが俺を一度も見ようともしないことに、やっと気がつく。考えの差ではない。ショウ・フェニクスという人物は、俺のことを、少しだって信頼していなかった。

茫然としたまま書斎を出て、階段を降りていた途中だった。下の廊下から、こんな暗い屋敷にしてはあり得ないほど美しい少女が飛び出してきた。さながら神の寵愛を受けているかのように彼女の周りだけ輝いていているようにさえ感じた。

「アーヴェル、さん。あの、わたしを覚えてる？」

透き通った声。眉を下げ、不安そうに瞳を揺らす。彼女の赤い唇から出た息が、空気を震わせた。

セラフィナ・セント・シャドウストーン。忘れるはずもなかった。まさかこの屋敷にいるなんて。

恋をすると、人はここまで愚かになるものなのだろうか。彼女を前にして、俺の声は喉に張り付いて出てこない。階段の途中で動けなくなった俺に、彼女は困ったように笑いかけた。

「少し前から、ここに滞在していて。お父様が北部に来るから、もてなすために。今日の来客には出なくていいって、ショウさんに言われたんだけど、下まで声が聞こえてきて。それで、あなただと思ったの。戦争に行くの？」

俺の足は、ゆっくりと階段を降りはじめる。

「……ああ。下手を打って皇帝を怒らせたんだ。ショウに危害が及ぶことはないから、安心してくれ」

引き攣《つ》る声で、そう答えた。戦地から生きて帰れるとは限らない。彼女に会うのも、最後になるかもしれない。会ったのは、これで三度目だ。なのに強烈に、心が惹かれる。彼女の姿を、目の奥に焼き付けておきたかった。

儚げな笑みは、存在ごと今にもどこかへ消えてしまいそうだった。ショウと結婚する、美しい少女。だが彼女は、幸せそうにはあまり見えない。普通、結婚を間近に控えた人間というのはもう少し楽しそうにしていても良さそうなものだが、彼女はそうではなかった。

「幸せじゃないのか」

物言いたげな瞳が、俺の真意を探るように、じっと見つめ返していた。

「俺もそうだ。幸せとは言い難い」

そうして俺は、自分でも思ってもみなかったことを口走っていた。

「君を攫って逃げると言ったら、付いてきてくれるか？」

彼女の大きな目が、さらに見開かれた。

もし彼女と逃げることができたら、どんなにいいだろうか。彼女が俺の帰りを待ち、俺の冗談で笑い、俺の手を握り、幸福そうに微笑む。だが叶わぬ夢だ。俺が責任を取れば、ショウの身の安全は確保される。彼女の幸せの礎になれるのならば、戦場へ行くのも、それほど悪いことじゃないように思えた。

「冗談だよ。ショウは堅物だけど、悪人じゃない。君を幸せにする度量のある男だ」

俺と彼女が結ばれる道など存在しない。ならばせめて、幸福を祈ろう。硬直したままの彼女の手を取り、そこにキスをした。

「――幸せになってくれ、セラフィナ」

これで丸く収まるなら、いいじゃないか。

傍目から見ても、俺は打ちのめされていたことだろう。人生は空虚だ。戦地に来て悟る。二十年も生きてきて、俺に大切なものなど何もなかった。

とはいえ、戦地であれば魔法使いは重宝される。送られたのは激戦区だったが、死ぬこともなく、周囲の期待の目も受けながら、生き延びていた。魔法使いがもう一人いたというのも、戦地に馴染んだ一助だったかもしれない。俺と同じく帝都で宮廷魔法使いをしていたバレリー・ライオネルが、志願して戦場にやってきていたのだ。理由を尋ねると、彼は飄々と答えた。

「帝都は飽きたので」

希有な奴だ。三つ年下のバレリーは、嫉妬をする気も起きないほど優秀な人間で、魔力は高く、頭も良く、頼れる奴だった。

二人でよく、とりとめのない話をした。俺がセラフィナの話をすると、バレリーはいつも苦笑した。

「アーヴェルさん、またその話ですか。踊っただけで恋を？」

「案外そんなもんだろ」

実際は踊ってさえもいない。

「さてはバレリー、恋したことないな？」

「ありませんよ、興味ないんで」

ばさりと切り捨てられる。

「だけど本当に可愛かったんだって。あの時ほど兄貴のことを羨んだことはなかったかもしれない」

「僕に言ってどうするんですか」

「どうもしないけどさ、慰めてくれよ。親友だろ」

一瞬だけ言葉に詰まるバレリーだったが、結局は楽しそうに笑った。

「アーヴェルさんがお兄さんと頻繁に交流していれば、彼女のことだってもっと早く知ったんでしょうに」

そう言われると、返す言葉もないのである。

その日の戦場は苛烈を極めた。

初めは大河を挟み撃ち合っていたが、徐々に双方河の中に入り、水がすべて血に置き変わるほど、大量の人間が死んでいった。戦力は拮抗し、泥沼へと足をつっこみかけていたその時、異変は起きた。

敵側の援軍が我が軍よりも一歩早く動き、魔導武器が投入された。魔力を込めた弾は、通常の大砲よりも遥かに凶悪で、死体の山を増産していく。地形が変わるほどの威力で、辺り一面を焼き尽くそうとしていた。

その弾が、俺のすぐ近くへと飛んできた。ああこれはもう死ぬ。そう思ったが、体が強い力で引っ張られた。直後、着弾し炸裂する。味方側の兵士の体が吹っ飛ぶ傍らで、俺はかろうじて生きていた。

自分の命の恩人を見ようと振り返る。そこには片足のもがれたバレリーの姿があった。

退却し、遥か後方まで、俺たちは下がる。救護所代わりのテントに、バレリーは運び込まれた。応急措置を受けた後、病院へと移送されることになっていた。

暗澹たる気分だった。俺を庇い、バレリーが負傷した。二人とも命があって良かったと思うべきか？　まさか、そうは思えなかった。

「俺を庇う必要はなかったんだ」

バレリーは、自嘲気味に笑った。

「僕も——驚いたけど、勝手に体が動いちゃったんですよ。本当に、困ったことです」

テントの外はもう暗い。至る所で負傷者の声が響いていた。誰しも各々の傷に夢中で、俺たちの会話に耳を傾ける人間はいなかった。俺はバレリーの右足を見ていた。血はすでに止まっていたが、だからといって足を生やしてやれるわけもない。

ふいに、バレリーは言った。

「ねえアーヴェルさん。僕は本当はユスティティアなんだ」

言葉の意味を確かめるために彼に顔を向けると、目の前に銃口が置かれている。引き金を引かれたら俺の脳みそが吹っ飛ぶ、そんな位置だった。

バレリーの表情からは、なんの感情も読み取れない。

「ユスティティアって、前の皇帝一家だろ。お前、その末裔ってことか」

なるほどだからこいつは今、俺の頭に銃を突きつけているのかと、遅れて理解した。バレリーは眉を顰めた。

「そうだよ。そう言っているんだ。わかってます？　大丈夫ですか？　頭を負傷してはないですよね。今からあなたを殺そうと思うんですけど」

冗談ってわけじゃないんだろう。彼の目は真剣だった。驚くべきは、俺の感情だ。虚しいほどに何も湧き上がってこなかった。もう俺など、この世界にとってはとうに死人も同然なのだ。目の前の生に、執着もなかった。

「殺せよバレリー。別に抵抗しないぜ。俺を殺したところで、どんな意味があるのかいまいちわかんねえけどさ。知らない敵兵に殺されるのは嫌だけど、お前なら、まあいいや」

バレリーの目が、開かれる。テントが乱雑に開けられたのは、そんな時だった。明かりが消され、続けざまに、銃声がする。敵襲だった。

とっさに俺はバレリーの体に飛びつき、ベッドの上から引きずり下ろした。直後、銃弾によりベッドが抉れていく。

この調子じゃ、他のテントも襲われているのだろう。自国に攻め入られた敵兵たちの恨みは強い。生に執着がないと思った矢先ではあるが、反撃もせずに死にたくはない。両手から炎を出現させ、火炎放射させながらに、敵兵に放った。

「バレリー、お前もやれ！　傷に響いて魔法を使うのがつらいなら、魔導銃を放て！」

魔導銃は普通の魔法を使うより労力が少なくて済む。だがバレリーは、俺を凝視したまま動かない。俺はバレリーから魔導銃を奪うと、敵兵に向かって撃ち返した。

どれほどの時間が経過したのかも曖昧だったが、ひたすら攻撃に徹している間に、襲撃は収まっていた。

残されたのは、死体と俺と、バレリーだ。

俺の体からは血が流れていた。バレリーをベッドからどかした時、すでに数発、負傷していたのだ。どう考えても致命傷で、回復魔法をかけても無駄だろう。どういうわけかバレリーが泣きそうな顔をしていた。

そんな顔で、見るなよ――そう言って笑おうとしたが、痛みで上手くいかない。

なあバレリー。昔、猫を飼おうと思っていたんだ。鴉に攻撃されていて、死にかけてたから回復魔法をかけた。だけど翌日に猫は死んでいて、それで俺は学んだんだ。何をしたって、取り戻せないものがあるのだということを。

そんな台詞を吐こうとしたが、やはり言葉を紡ぐことが難しかった。体を支えることができずに、床に倒れ込んだ。俺の体から、バレリーに向かって血が流れていく。バレリーは、ようやく言った。

「ふざっ、ふざけるな！　なんであんたが、なんで僕を庇ってるんだよ！　言っただろ、僕はユスティティアだ。あんたの、フェニクスの敵なんだよ！　あんたを殺そうとしていたんだ。なのに――」

言われてみれば確かにそうだ。だけど俺が知っているバレリーは、ユスティティアではなくライオネルで、俺の冗談で笑い転げ、時に生意気で、時に頼りがいのある親友だ。俺の知っているバレリーは、誰かを庇い負傷する、そういう奴だ。そうだバレリー、なぜお前の片足はない。お前こそ、なぜ俺を庇ったんだ。

「だと、したら、喜べ、よバレリー」

復讐を果たせたなら笑っていろよ。どうして泣いているんだ。何も泣くことないだろ。悲願が達成できたんだから。

「俺は、もう、いい。何も、ない……んだ」

俺には何もない。大切なものなんて何もないんだ。死んだって構わない。泣く奴はいない。力の入らない腕を無理矢理動かし、渾身の力を込めてバレリーの腕を握りしめた。

「だけ、ど……ショウは、殺す、な」

ショウは笑えるほどに真面目な奴だ。あんな奴を殺したって、残るのは後味の悪さくらいなものだろう。あいつは魔法使いじゃないし、誰かと戦うつもりもない。生きていたって、無害な奴だ。だから殺さないでくれ。頼むからさ。

もう目が見えなかった。世界が暗く閉じていく。口から血の泡と笑いが漏れた。俺ってまるで馬鹿みたいじゃないか。いいや、みたいじゃない。馬鹿そのものだ。死の間際、普通、大切な人が浮かんでくるのかもしれないが、虚しいほどに誰の顔も出てこない。俺の人生はなんと滑稽で笑えるんだろう。誰との間にも絆がなく、俺を憎む相手の腕の中で、命を終えるのだ。

いつからこれほど冷笑的な人間になったのだろう。いつから他人を蔑み見下して、それでいて平気になったんだ。一体いつから卑屈になり、心を閉ざして、興味がないふりをして、愛することをやめてしまったんだ。

脳裏になぜか、兄貴の婚約者の顔が浮かんだ。なぜ彼女はいつもあんなに悲しそうな顔をしていたのだろう。彼女が幸福そうに笑っている顔を、一度でいいから見てみたかった。

俺の手を、バレリーが握り返した気がした。俺の顔に、バレリーの涙が落ちた気がした。だけどそれは、死の間際の願望だったのかもしれない。

なあバレリー。お前はどうやって生きてきたんだ。俺と笑ったこともあったろ。愚痴を言い合ったこともあったろ。酒を飲み交わしたこともあったろ。仇である俺といるのは苦痛だっただろう。お前がどんな思いでいたか、少しも気づけなくて、ごめんな。

だけど復讐ってそんなにしなきゃいけないことなのか。そんなに悲痛な表情を浮かべてまで、やり遂げなくちゃいけないことなのか。俺は別に、両親への思いが強いわけじゃないから、いまいちわかんねえよ。もしいつかお前も死んで、あの世で会えたなら、そのあたりのことを、もう少し詳しく教えてくれ――。

◇◆◇

意志あるところに道は拓けるのだと母は言った。信念がある限り人は負けないのだとも、母は言った。

――バレリー、お前だけが皇帝なのよ。

繰り返し、母はそう言った。

初めて会ったのは、僕が九歳の時だった。冬だった。寒い、雪のちらつく昼下がりだった。孤児だった僕は、同じように身寄りのない魔法使いが暮らす宿舎に住んでいて、ある日、聖堂に行った帰りに、彼女に声をかけられた。

彼女はユスティティアの末裔を自称し、一人で僕を産んだのだと言った。産まれてすぐの僕を聖堂の前に捨てたのは、逃亡生活よりも、孤児の方が幸せになれるからゆえの、苦渋の決断だったのだと、涙ながらに語っていた。本当はいつも愛していたのだと、彼女は僕の手を握って泣いた。嬉しかった。骨と皮だけの手は温かく、初めて僕に家族というものを実感させてくれた。僕も他の多くの人間と同じように、望まれ、愛されて産まれてきた子供だったのだと思えた。

彼女が死んだのは、会ってから一年後のことだった。やはり冬で、外で過ごす彼女は夜を越えられずに凍り付いていた。遺体は川に流した。

弔いに、必ずフェニクス家を滅ぼすと、僕は誓った。彼女の愛に、報いるために。

誰からいくべきか、僕はずっと考えていた。皇帝親子は護りが堅いから、北壁の兄弟から実行するのが賢明だ。幸いにして僕は魔法使いだった。だからアーヴェル・フェニクスにまず、近づいた。

アーヴェルは扱いやすい人間で、容易く僕を信頼し、あろうことか僕を親友だと言った。所詮は金持ちのお坊ちゃんだ。彼は甘く、愚かだった。僕が彼を殺そうとしているとも知らずに、心を許すなんて。彼は僕を信頼し、僕に笑いかけた。立場も身分も違うのに、屈託のないあの笑みで、彼は僕に、笑いかけたのだ。

彼を庇って、僕は負傷した。

僕を庇って、彼は死んだ。

彼の体から熱がゆっくりと失われていく間ずっと、僕は彼を抱きしめ涙を流した。なぜ泣くのか、理由はわからなかった。考えるのさえ、煩わしかった。

アーヴェル・フェニクスの遺骨と共に僕は帰国した。北の空は帝都よりも暗く、重い。北壁のフェニクス家は輪をかけて重苦しく、通された客間さえも、明るいとはいえない。彼の兄は骨壺を開き、白く小さくなってしまった自分の弟を見つめ、言った。

「弟は魔法使いだった。そう簡単に死ぬはずがない」

唖然とした声にも思えた。ショウ・フェニクスは馬鹿なのだろうか。魔法使いも人間だ。死ぬに決まっている。彼の兄の無知が腹立たしく思え、目的も瞬間忘れ、言ってしまった。

「アーヴェルさんは優秀でした。簡単に死んだわけじゃない。僕や、他の負傷者を守るために、命を落としました。彼がどんな人間だったか、僕はよく知っています。いつも人を勇気づけて、皆に慕われていました」

甘ったれで、能天気で、明るくて、陽気で、ぶっきらぼうで、大雑把で、なのに繊細で、だからこそ馬鹿で、それでいて哀れで、簡単に人を信じる、愚かな人だった。彼に掴まれた腕に、指の跡が、まだ残っている。

「君は弟と友人だったのか」

「――はい。親友でした」

これは嘘だ。

「彼が最期に言ったのは、あなたの無事を、祈る言葉でした」

これは本当だ。

ショウは初めて僕を見た。彼と同じ、美しい色の目が向けられ、僕もまた、まっすぐ見つめ返した。

「君、バレリーといったか。アーヴェルの葬儀に、参列してくれないか。遺体が来てから、行う予定だったんだ」

遺体ではなく、小さな骨になってしまったが、僕は頷いた。

数日後に葬儀があった。曇天の下、集まった参列者は誰しも悲しみ、若者の、早すぎる死を悔やんでいた。ローグ側だったフェニクス家の親族が葬られている墓の一角に、アーヴェルを埋めるための穴が掘られている。

帝都からやってきたシリウスも参列していた。だが皇子の目線は、墓にも、ショウにも向けられていない。彼の目は、セラフィナ・セント・シャドウストーンに釘付けだった。

なんてわかりやすい男だ。あるいはそれほどまでに、セラフィナが魅力的な娘だということなのか。僕には正直わからない。不幸ぶって泣いている、よくいる少女の一人に見えた。当の彼女

は、隣に自分の婚約者がいるにも関わらず、骨しか入っていない棺にすがりつき、大泣きをしていた。ショウが、セラフィナをどかそうと肩に手をかける。

「セラフィナ、アーヴェルが埋められない。どいてくれ。弟を、休ませてやってくれ」

悲痛な声に、さらに悲痛な声が重なる。

「幸せになれって、言ってくれた、優しい人だったのに――。嫌よ……こんなの、認めたくない。嫌、こんなの、絶対に嫌……！」

瞬間、僕は気がついた。アーヴェルはセラフィナに恋をしたが、セラフィナもまた、そうだったということに。なんてことだ。なんて。なんて馬鹿なんだ。

互いの幸福を祈る前に、さっさと想いを伝えれば良かったのに、善人ぶって浸るから、こうなったんじゃないのか。それとも誰かを不幸にしてまで手に入れたいほどのものではなかったということか。僕の復讐とは違って。

セラフィナの泣き声に誘発されるように、至る所ですすり泣きが聞こえてきた。ショウが耐えるように両手の拳を握りしめた。じわり、じわりと、虚しさが広がっていった。

何もないなんて、嘘じゃないか、アーヴェルさん――。あなたはたくさん持っていた。家族も、泣いてくれる人も、本当はいたんだ。あなたが気づかなかっただけで。

ギリギリと、失った足が痛んだ。彼に掴まれた箇所が熱を持ったように思え、鎮めるためにもう片方の手で押さえた。最期の頼みを、聞けなくてごめん。許されなくても構わない。僕は僕の、やるべきことを、しなくてはならないんだ。

葬儀の後、護衛に囲まれるシリウスに、慣れない義足を動かし、僕は近づいた。ショウもセラフィナも、悲しみに浸るのに夢中で、こちらに気を配る余裕はない。

「シリウス様。お話したいことがございます」

立ち塞がる護衛を、シリウスは制する。

「彼は知り合いだ。下がれ。どうしたバレリー、今、話すことなのか」

「こんな場で、お伝えすべきか迷いました。こんなことを言えば、僕はショウ・フェニクス公に殺されるかもしれない。ですが、覚悟の上です。二人だけで話せませんか」

シリウスは、ちらりとショウに目を向けた後で、頷く。護衛たちをわずかに遠ざけた後で、シリウスは言った。

「ショウに殺されるとは何事だ」

「北部に魔導石が埋まっていることはご承知でしょう？　フェニクス公は、秘密裏に、すでに相当量確保し、備えています」

当然、嘘だ。あのショウ・フェニクスが帝国を裏切るはずがないと、考えればわかることだが、シリウスは乗ってくるだろうという確信があった。

「彼は集めた魔導石を国外に密輸し、財産を蓄え、あなたと陛下に成り代わるつもりでいます。今ならまだ間に合う。彼を止められるのは、あなたしかいません、シリウス様。北部を救い、帝国を救い、セラフィナ・セント・シャドウストーンを、ショウ・フェニクスから救い出すんですよ」

「セラフィナがどうしたんだ」

彼女の名を出した途端、シリウスの目が光る。正常な判断力が戻る前に、僕はたたみかけた。

「彼女はあなたに好意がある。だけどフェニクス公は彼女を屋敷に半ば無理矢理監禁し、シャドウストーンへの人質にするために自分の側に縛り付けているんです。彼女は逃げたくても逃げられない状況に陥っています」

「本当か」

シリウスの声が低くなる。僕の話を、信じかけている証拠だった。

「はい、今の話はアーヴェルさんが、戦場で話してくれた真実です。従順ぶっていますがショウ・フェニクスの本性は真っ黒ですよ」

ありもしない話だが、元々シリウスはショウのことを良く思っていない。未だ盲信者のいるローグの息子に、いつか国が乗っ取られるのではないかと危惧しているのだ。正統な後継者はショウであると、シリウス自身が思っている証拠だった。

何かが起これば、皇帝側は即座に北壁のフェニクスを排除するつもりでいた。ショウはそれに気づいているからこそ、ひたすら守りに徹している。その均衡を、僕が崩すのだ。シリウスは、悲しみに暮れるショウを見て、ほんのわずかに冷笑した。

「そうか。ならば僕が彼を正しく裁いてやらないとなるまいな」

ショウ・フェニクスが処刑されたのは、それからすぐのことだった。

北壁フェニクス家の兄弟の死から数年で、僕の周囲は驚くほどに変わっていった。昇進を繰り返し、宮廷魔法使いでありながら、シリウスの側近になった。ショウを差し出したことが、シリウスにいたく気に入られた要因だ。

僕を疑う人間はいなかった。だが一方で、焦りもあった。シリウスとは嫌というほど顔を合わせるが、未だドロゴに会う機会は巡ってきていない。いや、会うことは会うのだが、大抵、大勢の護衛が側にいて、話せたとしても、殺すには至らない。母に誓った復讐を果たすためには、北壁の兄弟の血だけでは足りなかった。

僕は没頭していた。だから、城の廊下でセラフィナとすれ違っても、挨拶ができなかった。目ざとい彼女が、そんな狼藉を見逃すはずもない。

「バレリー、お元気？　挨拶もないなんて寂しいじゃないの」

「大変申し訳ございません、セラフィナ様」

頭を下げ、答えると、彼女は背筋が凍り付きそうなほど冷酷な目をして微笑んだ。

「また悪巧みでないといいけれど」

ショウ・フェニクスの処刑後、彼女はシリウスと結婚した。瞬く間に、彼女は変わった。幼虫が蛹になり、毒蛾へと姿を変えるように、か弱い少女は、冷徹に、冷酷に、残虐な女に、なっていた。彼女の逆鱗に触れて、処刑された人間は多い。それどころか、人事や戦略さえも、彼女の意向で操作されているのではないかと噂が立った。この国はもはや、セラフィナに支配されている。まごうことなく彼女は悪女、それもかなり凶悪な女だった。

目的を遂げる前に、彼女に睨まれてはならない。一礼をして立ち去ろうとしたが、彼女は僕の服の袖を掴んだ。

「あなたに用があるの。付いてきてくださらない？」

良い用事でないことは明らかだったが、断る余地などなかった。

通されたのは城の一室だ。入った瞬間、背後に回ったセラフィナによって扉が閉められる。薄暗い部屋の中には、三人の男が、座っていた。

「お父様。バレリー・ライオネルを連れて参りましたわ」

嫌な予感は的中した。部屋の中には、現シャドウストーン家当主ロゼッタ、その長男クルーエル、次男ジェイドが勢揃いしていた。一体なんの密談だ。家族の団欒にはとても見えなかった。僕が口を開く前に、ロゼッタが口元を歪め、言った。

「やあ、バレリー・ライオネル君。忙しいところ悪いね」

「ロゼッタさんは、てっきり公国にいらっしゃるとばかり思っていました。クルーエルさんにしても、北部かと」

「まあ、座りたまえバレリー・ライオネル」

「僕になんのご用ですか」

座る気はない。背後にセラフィナの気配を感じながらも、僕は直立不動のままだった。ロゼッタが、薄く笑う。

「では単刀直入に問おう。なぜ君は、ショウ・フェニクスのありもしない罪をでっち上げ、彼を処刑させたのかね」

窓から差し込む日の光が、陰ったように思えた。

「なんのお話かわかりかねます。失礼して帰ります」

これ以上ここにいてはならない。踵《きびす》を返して扉に手をかけた瞬間、セラフィナが魔法を放った。黒い光が炸裂し、扉は固定される。驚いて彼女を見ると、完璧な笑みを返された。

「セラフィナ様は、無魔法では——」

「我がシャドウストーンに、無魔法など存在してはならない」

ロゼッタがそう言った後に、は、とジェイドが笑った気配がした。

「随分と偉いんだなバレリー・ライオネル。セント・シャドウストーンがお前にわざわざ話をしているというのに、椅子に座りもしないとは」

「かけたまえ。君にとって、悪い話ではない」

続いてクルーエルが、そう言った。魔法使いが四人いて、手段を選ぼうともしていない。戦って勝てるはずもない。諦めてロゼッタの向かいに腰掛けた。

「僕はショウ・フェニクスに冤罪などかけてはいません」

「もうその話は済んだ。私も北部の兄弟の排斥は望むところであったゆえ、そこを掘り下げるつもりはない。今は次の話をしているんだ」

ロゼッタの表情は柔らかいものだったが、その目はセラフィナと同様、少しも笑ってはいなかった。

「……今から少し、驚くような話をしよう。君も知っての通り、かつて、ユスティティア皇帝家があった。彼らはフェニクス家に惨殺されたが、そのたった一人の生き残りを、私は秘密裏に匿い、逃した。死体を用意し、彼女の死を、偽装したのだ。彼女が子を産み、捨て、そうして再び接触したのを、我々は知っている」

驚愕の表情を浮かべていたことだろう。ロゼッタが僕の顔を見て微笑んだ。

僕と母の二人だけのものだと思っていた秘密は、シャドウストーンにしてみれば秘密でもなんでもなく、単なる手駒のひとつでしかなかったのだ。母を逃がした話が本当だとしても、忠義や同情によるものではない。情があったとしたら母が浮浪者になっているはずもない。彼らの目的はただひとつ。種が育ち、芽吹いたから、こうして摘み取りにきたのだ。

「知っていたのなら、なぜ今になって僕に接触したのです」

「フェニクス家は権力を得すぎた。そうは思わないかね？」

その言葉で察した。彼は僕と同じことをしようとしているのだ。

「フェニクス家を滅ぼすおつもりですか」

ロゼッタは笑う。

「滅多なことを、城で言うものではない若者よ。だが、陛下とお会いする機会を与えてやろう。三日後の戦略会議だ。シリウス殿下もいらっしゃる。参加者として私が君を推薦すれば、護衛よりも近い場所で二人に会える。そこで君は、君のやるべきことをしたまえ」

「誰かに力が集中しすぎないように、均衡を図っているおつもりか。あなた方はそうやって、ローグとドロゴに手を貸して、ユスティティア家も滅ぼしたのか。その裏で、自分たちだけが権力を得るために？　まるで蝙蝠《こうもり》だ」

「口が過ぎるぞ庶民風情が！」

ジェイドの怒りを、クルーエルが引き留めた。

「よせジェイド、彼こそが真の皇帝と言っても差し支えない立場にいるんだ」

くすくすと笑うセラフィナの声が聞こえる。

なんなんだ、こいつらは。何もかも、こいつらは狂っている。あまりにも不気味だ。まだフェニクス家の方が理解できた。だが頭を下げた。

「言いすぎました。申し訳ありません。どうか僕に、陛下にお会いする機会を、作っていただけませんか」

あえて、それに乗ろう。フェニクス家を殺すことができたなら、もう僕は、自分がどうなったたって構わない。

シャドウストーンと話を終え、残りの仕事を片付けて、部屋に戻った瞬間だった。異変があった。兵士たちが、僕を待ち構えていたのだ。いずれも魔法部隊の精鋭で、シリウスの護衛たちだった。

奥にいたシリウスが立ち上がる。

「バレリー、まさか君が裏切っていたとは。とても悲しいよ」

まさか。今日の今日でなぜ密談がばれるんだ。

「誤解です。何が起こっているのか、僕には全然、わからない」

兵士たちと睨み合いながら、逃げ道を探した。反論の余地はあるか。ないなら、命だけは確保しなくては。扉の外に人の気配がする。ならば窓からだ。窓から逃げる。

足に力を込めた瞬間、僕に黒い魔法が纏わり付き、歌うような楽しげな声が、響いた。

「あら？　逃げてはだめよバレリー。お父様たちと同じね、悪い人はみんなそうなんだわ。罪に向き合わなくてはね？」

背に、冷たい汗が伝った。シリウスの隣に、セラフィナが微笑み立っていることに、今やっと気がつく。シリウスが彼女の肩を抱いた。

「セラフィナが、シャドウストーン家と君の悪行を知らせてくれたよ。どうする、今殺すかい？」

いいえ、とセラフィナはにこりと白い歯を見せた。

「お父様とお兄様たちは殺してしまったんだもの。バレリー・ライオネルから裏切りの理由を聞かないといけませんわ」

こうして僕は、彼女に捕らえられた。

冷たい牢の石の上に体を横たえる。もう数週間も、この場で過ごしていた。

セラフィナが、シャドウストーンを裏切った。夫であるシリウス・フェニクスへの忠誠のつもりか。だとしたら、そもそも僕に声をかける前に、彼に話せば良かったのに。

甘い話に乗った僕がいけなかったのか。復讐を果たせず処刑されるのか。どこかでセラフィナの逆鱗に触れ、多くの人間と同じように、排除されるのだろうか。だが、諦めてはいない。僕は生きている。セラフィナが命じ、処刑させた人間の多くは、裁判さえなく即日執行された。まだ生きているということは、必ず機会は巡ってくるはずだ。

牢の奥に、ぼうっとした明かりが見えたのはそんな時だ。見回りの兵ではない。足音は軽快だった。床に座り、待つと現れたのはセラフィナ・セント・シャドウストーンだった。

「僕を処刑しに来たのか」

セラフィナは愉快そうに目を光らせた。

「違うわ、お馬鹿さん。だから捕まっているんだわ。目的を達成できなくて、残念ね？」

「お前が密告したんだろう」

「ごめんなさいね？　だってわたしの悲願を達成するためには、あなたの願いが叶ってはいけないんだもの」

「なぜ家族さえも裏切ったんだ」

彼女があえて僕らを集め、あの密談を他の人間に聞かせていたのだろうことは想像できた。

「――家族？　ああ、あの人たちのことね。家族じゃないわ、あんな人たち。わたし、小さい頃あの人たちに虐待されていたの。魔法を得る前よ。惨めで悲しくて、消えてしまいたかった。……ねえバレリー、あなたもそうでしょう？　家族といえるのは、お母様だけ。この魔法は、お母様なの。わたしの望みを、なんだって叶えてくれるんだもの」

「じゃあさっさと僕を殺せばいい。僕なんて、君にとっては家族を刺すための剣でしかなかったんだろう」

彼女は笑い、首を横に振る。

「だめね、全然だめ。まったくもって勘違いしているわ。あの人たちへ復讐することが、わたしにとってなんの価値になるって言うの？　あなたを捕まえたのは、お父様たちに復讐したかったからじゃない。その先の景色が見たいからよ」

まるでまだ、目的が達成されていないかのような口調だ。

「最近よく考えるのは、アーヴェル・フェニクスになんて、出会わなければ良かったということばかり。あの人は、わたしのすべてを変えてしまったんだもの。嫌いだわ。すごくすごく、嫌い」

なぜそこで、彼の名が出るんだ。だが僕の中に、とうに捨てたはずの熱が疼いた。僕を信頼した、愚かな彼の声が蘇る。彼の死に際の顔が蘇る。彼はいつだって僕の雑念になる。

僕はあの男が憎かった。善人のまま死んだ彼が、この手で殺せなかった彼のことが、憎くてたまらなかった。君もそうなのだろうか。セラフィナ、君も——。

「アーヴェル・フェニクスが憎いか」

「憎いわ。とてもとても、憎い」

セラフィナは、両手をもじもじと、まるで恥じらうように組んだ。それが彼女の派手な見た目とは恐ろしいほどのギャップを生む。

「だけどね、同時に、愛しているの。心の底から、愛しているのよ。弱くて強い、可哀想で可愛い、何よりも大切なわたしの初恋。もう一度、彼に会いたい。そうしてやり直すの。わたしたちはまた出会って、またわたしは彼に救われて、またわたしたち、恋に落ちるんだわ」

彼女が何を言っているのか、少しも理解ができなかった。この女は、本当に頭がおかしいのだろうか。しかしその目は正常者のそれであり、しっかりと僕を見据えていた。

「わたし、今からあなたに過去をあげる。そこでまた、復讐をやり直せばいい。フェニクス家を滅ぼせばいいわ」

彼女は閉じた両手を再び開き、その間に常軌を逸した質量の魔力を溜めはじめた。目の前で、バチバチと散る火花を呆然と見た。それほどまでに、人間が通常作り出せる力を遥かに上回るものだった。

「なんだ、それ……あり得ないだろ。そんなもの」

セラフィナは言う。

「ひとつだけ、誓約を課す。アーヴェル・フェニクスだけは、殺さないで。ドロゴもシリウスも、ショウも殺して構わない。だけどアーヴェル・フェニクスを殺したら、誓約は、あなたを殺す」

黒い光が、僕に迫ってくる。それは人が自然に得る魔法とは異なっていた。祈りと呪いが複雑に入り交じり融合し、ひとつの形を成している。欠損した魂に、呪いと魔力は、実によく馴染んだことだろう。

「……彼がまた、君に恋する保証はない。第一彼は、君に想いも伝えずに、君を闇から救うこともなく、戦場で野垂れ死んだんだ」

夢見るようにうっとりと、彼女は目を細めた。

「アーヴェル・フェニクスは、わたしのことを知らなかっただけ。知ったら、絶対助けてくれる。何がなんでも、助けてくれるわ。わたしを光の方へと救い上げてくれるはずよ。もし九歳の頃の孤独なわたしに彼が気づいてくれたら、未来は違っていたかもしれない」

おぞましく、恐ろしい、残虐な悪女。なのにアーヴェルの名を口にする度に、彼女はまるで初心な少女のように頰を赤く染めた。胸の奥がざわめいた。彼女が抱くのは自分勝手な望みだ。なのになぜ、ここまで切なげな表情をする?

「あの人が好き。あの人が大好き。わたしには、それしかない。それだけで、いい。もう一度会いたい。彼の全部が、欲しい」

気がついた。呪われた彼女の中に、指針のように残された唯一の光が、その感情だということに。母という指針の中に落ちる、唯一の闇が、僕にとっての彼であるように。

壊れ、狂った彼女がそれでもわずかにまともでいられたのは、彼への恋心があったからだ。僕の鉄の復讐心がほんのわずかに、彼を思い出し揺らぐように。

僕らはまるで対極だ。だけど同じ人間が、心の中を闊歩している。消し去りたくても消えてくれない、その人が。ついにセラフィナの目から涙が一筋流れ落ちた。

「わたし、この魔法を、ようやく理解して習得したの。ねえ、誰だって、そうでしょう? もう二度と取り戻せないと思ったものが、手に入るとわかった瞬間、どこまでも貪欲になれるものだわ」

普通は、そこまで思えない。自分自身の存在を消失させてまで、手に入れたいものはない。そんなに強い望みはない。

「あの人は思い出だけど、忘れられないの」

「……ただ一度、踊っただけで恋をしたのか」

セラフィナは、少女のように目を輝かせる。

「いいえ、踊ってなんかいないわ。もしかして、あの人がそう言ったの?」

そうして、悪女らしからず、優しく微笑んだ。まるで慈しむような、笑みに思えた。

「わたし、パーティで襲われかけたの。あの人は、それを助けてくれた。わたしの誇りを守るために、踊ったことにしてくれたんだわ」

反吐が出るほど馬鹿馬鹿しい。国中を震撼させた悪女に、これほどまでに純粋な恋心があってたまるか。

「人生のうちで、たった三度会っただけじゃないか」

「あなた、恋をしたことないのね？」

セラフィナが笑う。

「恋をするには、十分だわ」

彼女の声が柔らかく響き、魔法が、僕に向かって迫ってきた。黒い光が、彼女の笑みを照らしていた。初めて僕は、心の底から彼女を、美しいと思った。

世界が回る。

僕の周りが消えていく――……。

どれほどの時が経ったのかはわからない。気づけば僕は、少年の姿のまま、宿舎の自分の部屋にいた。夏の日差しを感じる真昼だった。セラフィナは、自分とアーヴェルが初めて出会ったその時まで、時間を戻してしまった。

時を戻す魔法については、僕も知っていた。複雑な術式と、莫大な魔力が必要で、当たり前だが人が到達できる領域ではなく、知識として知っていただけだ。だがそれが実際に起きた。魔導書の記述を信じるならば、術者本人に記憶はない。セラフィナに、時を戻した自覚はない。彼女は純粋な子供のまま、自分の記憶さえ失って、何もかもをやり直そうとしていた。記憶があるのは、復讐者の僕だけだ。

アーヴェルはショウを殺すなと言った。セラフィナはアーヴェルを殺すなと誓約まで課した。美しい感情だ。でもね。

願いなんて聞けない。約束なんてできない。そんなもの、聞き入れられるわけがないんだ。聞いてしまえば、悲しみの底に沈んだ母の命は無駄になる。利用できるものはなんだって利用してやる。材料は、むしろこちらに揃っている。

北部に魔導石があると、先に僕が密告すればいい。シャドウストーンと取引して、味方に引き込めばいい。セラフィナを襲わせて、アーヴェルと出会わなくさせればいい。呪いを見つけ、利用すればいい。なんなら先にセラフィナを殺せば、誓約は無効だ。手など、いくらでもある。簡単だ。簡単なことだ。待ってて母さん。今度こそ上手く、いくはずだ。

なあセラフィナ、僕を過去に戻したこと、存分に後悔すればいい。君が自分の存在まで懸けたというのなら、僕もそうしよう。勝者はより、貪欲になった方だ。君の恋は叶わない。初めにあったのは君の恋心ではなく、僕の復讐心なのだから。

夢の中で、誰かが泣いていたような気がした。だけどそれが誰なのか、わたしにはわからなかった。

毎晩眠る時、神様に願うことはいつも一緒で――目が覚めたら、違うわたしになっていますように。そうして毎朝、わたしはわたしであることに絶望した。八歳になっても、それは変わらない。

違うわ――！　頭の中で、誰かが言う。だって彼は、わたしの命に意味を与えてくれた。あれだけ守りたかった自分と兄の命を、わたしのために捨ててしまった。だからわたしは、わたしでなくては意味がない。わたしの命には、価値がなくてはならないの。そうでしょう？　ねえ……。

ゆっくりと、目を開けた。まだ、夜だった。

とてつもなく長い夢を見ていたように思える。だけどどんな夢だったのか、もう忘れてしまった。ベッドから立ち上がって、カーテンを開く。窓の外には満月が浮かび、森を照らしていた。

雪がちらついていて、今が冬なのだということを思い出した。夏の終わりかけの夕陽を、つい昨日、見たような気がするのに。

景色に、違和感を抱く。部屋の窓からいつも見えていたのは、高い壁のような、巨大な山々の頂ではなかっただろうか。冬は幻想的に、辺り一面が白く染まる。朝には空気が澄み渡り、夜には星が瞬いた。窓から見えたのは、そんな景色じゃなかっただろうか。わたしはそんな風景を、愛していたんじゃなかっただろうか。

布がかけられた鏡を露出させる。鏡は嫌い。いつだって、みすぼらしい女の子が映るから。でも――。鏡の中の自分の輪郭を指でなぞった。

誰かがこの髪を柔らかいと褒めてくれた。

誰かがこの目を好きだと言ってくれた。

誰かがわたしを綺麗だと、繰り返し言ってくれた。

誰かがわたしの体を抱きしめ、何度も何度も必死で愛を伝えてくれた。だからわたしは、わたしを愛せた。

部屋の扉を開き、廊下に出る。しんと静まりかえった屋敷からは誰かが起きている気配もない。何かをしなくてはならない気がしていた。誰かに会わなくてはならない気がしていた。遠い昔に、誰かが祈った願いが、形になる、その前に。

廊下の窓に目を向けた。目の端に、蠢く影が、映ったように思えた。月に照らされ、封印された井戸が見えた。その横に、黒い人影が佇む。小さくて、子供のようだった。その影は、井戸の覆いを取り払い、こちらに気がつき、目を向けた。暗がりで、表情の機微まではわからなかった。だけどそれが、誰であるのかははっきりとわかった。

「バレリー……」

瞬間、何もかもが蘇る。過ぎ去ってしまった、怒涛の未来。

「バレリー！　今すぐその井戸から手を離しなさい！」

瞬きの間に、バレリーは消える。すでに庭には誰もおらず、蓋を開けられた井戸の中は、まるでそこには初めから何もなかったかのような静寂があるだけだ。

「付いてきちゃったんだね。君は本当に、悪い子だ」

その声は、すぐ背後から聞こえた。振り返ると、さっきまでとは違い、誓約も体には現れていないバレリーが立っていた。アーヴェルの生きているこの過去では、バレリーに課せられた誓約もまた、無効になったらしい。

信じられないけれど、わたしの両手は魔法を放ち、バレリーを肉体ごと過去へと戻した。今までどれほど強い魔力でも、精神だけを戻すのが精一杯だったけど、帝都中の魔法使いたちの魔力を奪い取ったあの呪いは、そんな理《ことわり》さえも超え、それを可能にさせてしまっていた。窓を背に、彼に向き直る。

「あなたを殺すわ」

バレリーは困ったように笑い、両手から黒い火花を散らした。見間違いようもなく、かつてわたしが得ていた呪いの力だ。

「どうやって？　呪いは僕の味方だよ。魔法を持たない君が、どうやって殺せるんだ？」

わからないことだらけだ。呪いはお母様がわたしを守るために、祈りの力で抑え込まれているはずだ。わたしが呪いの力を使えるようになったのも、お母様のおかげだ。それをなぜ、バレリーが使いこなせているんだろうか。

「少し、大人しくしていてくれ」

バレリーが言った瞬間、わたしの体は動かなくなった。声さえ出ない。睨み付けることしかできなかった。

「これは一体、なんの騒ぎだ?」

流石に廊下で騒いだからか、お父様とお兄様たちがやってきた。尋常じゃないバレリーの様子に、彼らは束の間立ち尽くし、行動を決めかねているようだった。クルーエルお兄様がお父様の前に立つ。

「井戸を開いたか」

お父様の声に、クルーエルお兄様がはっと窓の外を見て、次にバレリーの手から散る黒い火花を確認した。

「貴様、命はないと思え!」

お父様とクルーエルお兄様が、魔法をバレリーに向けて放った。お父様のさらに背後にいたジェイドお兄様が、悲鳴にも似た声を上げた。

「父上、兄上! 今攻撃してはセラフィナに当たる!」

「それがどうしたというのだ！」

クルーエルお兄様が、すがるジェイドお兄様を突き飛ばした。だけど二人の魔法は、いとも容易くバレリーにはじかれ、屋敷の壁を破壊した。セント・シャドウストーンが、赤子同然にあしらわれるなんてあってはならない。お父様もお兄様たちも唖然とバレリーを見た。

「無駄だよ。言っておくけど、あなたたちを殺すのは、僕じゃない。今まで殺され続けてきた魔法使いたちの無念であり、エレノア・セント・シャドウストーンの悔恨だ。あなた方がしでかした、過去の所業の精算をする時が来たんだ」

しん、と静まりかえった。時が止まったようにさえ思えた。

バレリーの体から揺らぎ出た黒い影は、そのまま人の形になる。女性の影だ。どんな光も反射させない、漆黒の闇だった。

「母上……なのか？」

クルーエルお兄様が影に向かって尋ねた瞬間、恐ろしいほどの勢いで、その闇は、お父様とクルーエルお兄様の体を通り過ぎた。

悲鳴さえもなく、二人の体は散り散りにちぎれる。ばらばらになった彼らの後には、血だまりだけが残った。一瞬にして、お父様とクルーエルお兄様は死んでしまった。

「き、貴様、父と兄に、何をした！　い、妹から離れろ！」

震える声が聞こえた。ジェイドお兄様が、バレリーへと戻ろうとする影に向かって、攻撃を放とうとしているところだった。

だめ――！　ジェイドお兄様が殺されてしまう！　そう思った時、自分でも戸惑うほどの愛情が胸の中にあふれた。

小さい頃、ジェイドお兄様が怖かった。いつか本当に殺されてしまうかもしれないとさえ思っていた。だけどわたしを庇って死んだのは、ジェイドお兄様の方だった。

こんな時になって、やっと気がついた。わたしは彼をとうに許していたということに。だって彼の弱さは、そのままわたしの中にある弱さだから。自分以外を愛しているのに、愛し方がわからない、その弱さこそ、どうしようもなくわたしたちが家族であるという、情けない証だった。紛れもなく彼はわたしの兄だった。だから、殺させるわけにはいかない。

影が、ゆっくりとジェイドお兄様へ顔を向け微笑み、バレリーを窺うように見た――気がした。漆黒の、表情などない影なのに。

「わかってるよ、エレノア」

バレリーが、愛情深く呼んだ名は、お母様のものだ。ならこの恐ろしい殺人が、彼女の意思によるものだとでも言うの。お母様はお父様とクルーエルお兄様を殺して、さらにジェイドお兄様をも殺すつもりなの。そうしたら、次は、わたしだ。それほどまでに、彼女の憎しみは強いの？

だけど、わたしの考えを、バレリーは否定する。

「大丈夫だジェイドさん。セラフィナも。彼女は君らを殺さない。エレノアは、自分を虐げ続けたロゼッタを憎み、無理矢理魔力を得てしまったクルーエルを救いたかった。だから二人とも殺したんだ。憎しみと、愛ゆえに、理由はそれぞれ、違うけれど。

ジェイド・セント・シャドウストーン。あなたの本質は、善《よ》いことを成し遂げたいと望んでいる。少なくとも、エレノアはそう思っている。あなたはまだ、引き返せると。認めたくはないけど、あなたは善人だ。僕は神じゃないけれど、誰を殺し、誰を殺すべきじゃないかくらいは、わかっているつもりだ」

影が、バレリーの体内へと戻っていく。バレリーは空間に手を翳《かざ》すと、そこに巨大な黒い球体を作り上げた。いつかわたしが、北部から帝都へ移動した魔法と、よく似ている。バレリーは漆黒の球体の中へと一歩足を踏み入れ、わたしに向かって片手を差し出す。

「さあ、行こう。僕の成すことを、君にも見届けて欲しいんだ」

わたしの足が意思に反して動き出し、バレリーの手を握ったその時、後方で、ジェイドお兄様が叫ぶ声が聞こえた。

「待て、連れて行くな！　セラフィナを連れて行かないでくれ！　俺の妹なんだよ！」

「眠っていてくれ、あなたは必要ない」

振り返れなかったからわからないけれど、魔法が炸裂する音がして、ジェイドお兄様が鈍い呻き声を上げ、気絶したような気配がした。

「セラフィナ、僕から離れちゃだめだ。体がバラバラになるかもしれないよ、そうはなりたくないだろ?」

バレリーはわたしの体を抱きしめ、漆黒の闇へと入っていく。黒い嵐が、周囲を取り巻いていた。この感覚は二度目だ。バレリーがわたしの体を支えていなければ、どこかへ吹き飛んでしまいそうだった。耐え続けていると、バレリーの声が、耳元で聞こえた。

「僕は、ショックだったんだ。アーヴェルさんが僕に嘘を吐いていたことが。君も知ってると思うけど、アーヴェルさんって、こっちが聞いてもないことまで、なんでも一方的に話してくるだろ? だけど時に、核心だけ告げないこともあるんだ。それでも親友だと言った僕には、なんだって話してくれていると思っていたのに。彼を完全に理解して、掌握したつもりでいたのに。些細な嘘だよ。彼はパーティで、君と踊っていたと言っていたんだ」

懐かしい、記憶だった。パーティを抜け出し、庭で踊ったという偽物の思い出を、彼と二人で語り合った日。あの日に、わたしは彼に恋をした。自分ではどうしようもないほどに、恋をしたんだ。

「僕の復讐相手にしては、彼は優しすぎたんだ。いつだってそうだ、彼はそうだ。どれほど自分勝手に振る舞ったって、最後の最後で、人のために自分をいくらでもあげられる、そんな矛盾だらけの人なんだよ。本当に馬鹿にしてくれるよ、ふざけた人間だと、君だって思わないか?」

心の中で、バレリーに話しかけた。アーヴェルが、好きだったのねバレリー。アーヴェルと、友達だったんでしょう? 彼の遺骨を、あなたは抱えて帰国した。どんな会話を、二人でしたの。

どんな思いで、帰ってきたの。

「彼を善人のまま終わらせるわけにはいかなかった。所詮、人は屑で、一歩踏み外せばどこまでも堕ちていくのだということを、彼自身に思い知らせてやらなくてはならなかった。彼が悪人であるとわかったら、僕の胸の内の灼熱も、少しは楽になるだろうから」

バレリーの気持ちが、痛いほどにわかった。孤独と不安の闇の中にいて、アーヴェルは、あまりに強烈で眩しすぎるのだ。良くも悪くも、そうだった。道を踏み外してしまうほど。道を見失ってしまうほど。強くて熱い、光だった。その光にならば身を委ね、焼け焦げてしまっても構わないと、思ってしまうほどに。

「だけど、上手くいかないものだね。君の誓約を出し抜き、あらゆる人の先を行き、フェニクスを殺すための手を、本当にたくさん考えた。君が思っている以上に、たくさんね――。でも結局、君は何度だってやり直してしまった。反乱の時、アーヴェルさんは何回目だったんだ？　この意味がわかるかい。僕が君たちに、敵わなかった回数だ。君が諦めない限り、僕は負け続けるんだろう」

ならバレリーは、わたしを殺すつもりだろうか。だけど彼は静かに言った。

「ねえセラフィナ。僕とエレノアは契約したんだ。悪役を、倒すためにね――。ああ、終わった」

周囲の嵐は過ぎ去って、気がつけばわたしたちは帝都の雑踏と喧噪の街並みの中にいた。屋敷では夜だったけど、すでに空は明るく、雪がちらついている。時が数時間、進んでいるようだ。

バレリーが歩きはじめた。

「おいで、聖堂に行こう」

体の自由はまだ戻らないまま、わたしの足も、彼に続く。

わたしも何度か、時を戻しているからわかる。最初にこれを始めたわたしが、アーヴェルと初めて出会った瞬間に時を戻したから、その時点よりさらに前へと戻すには、今までの世界を覆すほどの強い魔力が必要だ。わたしもアーヴェルも、そこまでの魔力は持ちえなかった。だけど、バレリーは膨れ上がった呪いの力を借りて、それより前の時間まで、遡ることができた。その目的はなんだったんだろうか。

空が少しずつ明るくなっていく中、バレリーは雪を踏みしめ歩き続け、聖堂の道を挟んだ向かいで足を止めた。覚えがある。わたしがシリウス様と結婚式を挙げるために使った聖堂だ。わたしたちの吐く息が、白い靄となって空へと昇っていく。

バレリーが、入り口を指さした。汚れた格好をした女性が、扉から出てきた。

「ほら、あの人だ。ああ、あんな感じだったな――。みすぼらしくて、痩せていて、誰の目にも留められない。だけど彼女を見ると、僕は今だって、愛情と憧憬にかられてしまう。彼女は今日、僕に話しかけて、自分が母親だと名乗るんだ」

だとしたら、バレリーは母親に会いに、この時間、この場所に来たというの。だからバレリーは、食事会よりも前の時間に、時を戻した。この瞬間でなくてはならなかった。

「来るかい？」

頷くと、バレリーは微笑んだ。

「おいで」

わたしはバレリーの後ろから、その女性に近づいていった。未だ聖堂の扉の横にいる彼女の、ついに目の前まで行き、バレリーが話しかける。

「母さん」

彼女は驚いたようにバレリーを見た。

「僕だよ、バレリーだ。自分が声をかける前だから、わからなかったのか」

バレリーは、そう言って、彼女をゆっくりと抱きしめる。女性は、逃げるように体を震わせた。

「ねえ母さん。あなたは、たくさんのことを僕に教えてくれたよね。意志あるところに道は拓けるのだとあなたは言った。信念がある限り人は負けないのだとも、あなたは言った。だけどそれがもう、とうの昔に失われていたのだと、あなたは知っていただろうか。僕の本当の望みは復讐じゃない。ただ、あなたに愛されたかった。でも、初めからないものは、あなたにだって与えられないよね？

ロゼッタ・シャドウストーンは、僕を利用するため嘘を吐いた。本当は、あなたは、子供なんて産んでいなかったんだろ。なあ、どうして僕を選んだんだ？　魔法が使える子供が良かったんだね。聞き分けがよく、大人しそうで、愛に飢えた孤児であれば、誰でも良かったんだろう？」

次の瞬間、バレリーの腕の中で彼女の体は飛散した。巻き上がる血飛沫を見つけた通行人から、大きな悲鳴が上がる。

「人が来る前に、逃げよう」

唖然とするわたしの手を引いて、血まみれのまま、彼は早足で歩きはじめた。

バレリーは人気のない橋の上まで来て、疲れたように欄干にもたれかかった。橋は高く、遙か下では、凍り付く寸前の川が、流れていた。そこでわたしは、自分がようやく解放されたことに気がついた。体が動き、声が出る。ぶつけたのは、一番新しい疑問だった。

「どうして、お母さんを、殺したの……？　あなたの生きる、目的だったんでしょう？」

バレリーは、首を横に振る。青い澄んだ目が、わたしに向けられた。

「あの人は、僕の母親じゃない。君だって言っただろ。親なら、子供を守るはずだって。親なら、子供を復讐の道具になんかしない。僕自身は別に、フェニクス家を憎んじゃいなかった。ただ母が、憎んでいたから同じように憎んだだけだ。愛して欲しかったから――。でも、僕が母から受けたのは愛じゃない。愛であっては、ならなかった。僕は知るべきだった。親がいる幸福よりも、何も持たず貧乏でみじめな孤児の方が、ずっとましだということを」

バレリーは小さく笑った。

「これで、僕は母親に会わずに、復讐を持たない子供になる。もしかしたら、僕じゃない生き方が、できるかもしれない。僕は、そんな自分が見てみたい。君もずっと前に言っていたじゃないか。もう二度と取り戻せないと思ったものが手に入るとわかった瞬間、どこまでも貪欲になれるって。僕も、そうだった。自分勝手な願いだけど、僕は、僕を救ってやりたい。僕だって普通に友達を作って暮らせるんだって、そういう可能性があることを、希望を、信じていたいんだ」

　嬉しくて、彼の両手を握った。

「あるわバレリー！　あるに決まってるじゃないの。だって、わたしにも、あったんだから」

　アーヴェルが育て直してくれたわたしの心は、きっと誰よりもまっすぐ立っている。けれど彼は苦笑して、わたしから手を離した。

「これでお仕舞い。ドロゴとシリウスも悪い奴らだけど、彼らを倒すのは、僕の役目じゃない。宿命を持っているのは北の兄弟だと思うから。大丈夫さ、一度は成功しているんだから」

　希望が、湧いてくるようだった。バレリーは、わたしたちに味方してくれているのだ。また反乱に、手を貸してくれるつもりなのかもしれない。

「バレリーは、わたしたちのこと、好きだと言ってくれたわ。それは本当？」

「そんなこと、もう忘れたよ」

　そう言って、肩をすくめた。バレリーもまた、己の嘘と真実がわからなくなっていたのかもしれない。アーヴェルといる時、バレリーはいつも楽しそうだった。心から、笑っているように見えた。たとえいつかはアーヴェルを殺すつもりでいたのだとしても、それまでの間は――。

「だってあなたとアーヴェルは、本当の友達だったんでしょう？」

バレリーは、わたしの疑問には答えない。

「もう君は、たくさんのものを持っている。それしかないなんて、それだけでいいなんて、二度と言わないでくれ。君は、ついにそうはなれなかった僕の望む姿だ。いつだって最後に笑うのはより強い者だ。君は強い。だから、笑っていてくれ」

空から降る雪が、バレリーの頰に落ち、溶けて涙のように流れた。

「蔑みながらも愛していた。唾を吐きかけながらも憧れていた。彼を庇って、僕は負傷した。僕を庇って、彼は死んだ。彼を思うと、僕の心は、バラバラに砕けてしまいそうだった。……そう、そうだよセラフィナ。僕はアーヴェルさんと、普通の友達になりたかったんだ。アーヴェルさん、さっきさ。僕に捕まる前、僕を迷子だと思って助けようとしていたんだ。彼は言ったんだ。『本当はこんなことしてる場合じゃないんだけど、好きになってくれた人が、幻滅しない自分でありたいんだ』って。で、結局僕に捕まって、自殺まがいの行為をした。その結果が今だ。

そうなって、理解したんだ。本当は、僕だって、彼に生きていて欲しかったんだと。罪を、暴いて欲しかった。僕が間違っていると、母は理不尽で不条理だと、お前が教わったことは違っているんだと、真正面から否定して欲しかった。それだけのために、なんて時間がかかったんだろう」

バレリーは、自分の両手を見た。皮膚が、剝がれ落ちている。

「呪いが現れはじめた。僕はもう、死ぬんだ。エレノアが去る。契約は達成されたんだ。願いを叶えることが、彼女が僕に力を貸す条件だったから」

白い雪に、彼の血が落ちた。

「そんな顔をするなよセラフィナ。これでハッピーエンドじゃないか。言っただろ？　誰を殺し、誰を殺すべきじゃないかくらい、僕にもわかるって。悪役は最後に、死ななくてはならない。だから僕は行くよ」

バレリーの、やりたかったことがやっとわかった。自分の可能性を、信じたかったんだ。今この世界には、目の前にいる肉体ごと過去に戻ったバレリーと、母親に出会わなかった、何も知らないバレリーがいる。

「ショウ・フェニクスの記憶はループを超えて何度も戻ったけど、一体彼はどれほど強い精神を持っているんだろうね。この世界の僕も、玉座の間から引き継いだ記憶があるけど、それが蘇ることはないだろう。さっきのループの前に、そういう風に、思ったから。僕はもう、記憶を取り戻さない。思い出したくないと、封じ込めているからだ。だからこの世界の新しい僕は、本当にただの、バレリー・ライオネルでいられる」

新しい生き方をするとしても、それはこの、彼じゃない。彼は死に、この世界の、何も知らないバレリー・ライオネルが、新しく幸せになる。

それが彼の覚悟であり、償いであり、彼が見つけ出した最適解だ。なんて声をかけていいかわからずに、ただ、これだけを言った。

「バレリー、この世界のあなたは絶対に、幸せになれるわ」

バレリーは、まるでわたしだ。アーヴェル・フェニクスを得なかった、わたしだ。いいえ。得てもなお、他のものを捨てられなかった、わたしだった。

「だってあなたは、迷子の女の子を、なんの見返りもなく人さらいから助けてくれる、そんな正義のある人だもの」

バレリーは満足そうに微笑んだ。

「後は、もう、なるようになるだけさ。君ももう行ってくれ。見届けてくれてありがとう。でも死まで見られるのは耐えられない。ここから僕は、飛び降りるよ。下に落ちる前に、呪いの代償を、受けると思う」

頷いて、一歩、彼から離れた。彼は欄干に身を乗り出し、そうして、下へと、落ち――……。

「うおおい！　危ねえ‼」

力強い声と共に、勢いよく走りより、バレリーの腕を掴んだ人がいた。決死のジャンプをしようとしていたバレリーは、出鼻を挫かれ体を橋にぶつける。わたしにしたって、驚きのあまり、魔法にかけられているわけでもないのに声が出せない。

なぜ、ここにいるの。どうして。どうしてアーヴェルが、ここにいるの。

十二歳のアーヴェルはさっきよりさらに幼い。それでもその顔に必死の形相を浮かべ、周囲に向かって叫んだ。

「誰か！　手を貸してくれ、人が落ちた。人が落ちたんだ！」

バレリーが、アーヴェルを凝視して、そうして怒りともとれる口調で喚いた。

「なんで、なんでここにいるんだよあんた！」

バレリーの両目から、涙が溢れる。アーヴェルは怒っているようだった。

「はあ？　なんで俺がここにいちゃいけねえんだよ！」

「いけ……いけないに決まってるだろ！　ふざけんなアーヴェル・フェニクス！　あんた本当に、なんなんだよ！　最後の最後まで邪魔しやがって！　僕がどれほどの覚悟を持ってこうしてんのか、わかってんのかよ！　僕から手を離せ！　どこまで僕を馬鹿にする気なんだ！」

怒鳴りつけられたアーヴェルが言うことを聞くはずは当然なく、逆にバレリーに怒鳴り返した。

「お前こそふざけんな！　なんで俺の名前知ってんだよ！　聖堂の方で楽しそうな事件が起きたって聞いたから、馬車降りて向かってたんだ、この道近道だろ！　親戚のところに新年の挨拶行く前に見物だよ！　ほらお前、俺の手をちゃんと掴めよ！　本当に落としそうだ！」

ふ、とバレリーの口から吐息が漏れた。愉快そうに、目を細める。

「やっぱりあんたは、そういう人なんだ。つくづくよくわかったよ！　くそったれで甘ったれで、信念なんてないくせに、最後の最後は絶対に譲らないんだ！　やっぱり僕は、あんたのこと、大嫌いだ！」

小さな空気は、やがて大笑いへと変わっていく。おかしくて堪らないのか、呪いを受けている最中でもなお、バレリーは笑っていた。

「アーヴェル・フェニクス。お願いがある。またどこかで僕と会ったら、友達になってくれないか。そうして僕が間違ったことをしていたら、殴ってくれ」

胸が引き裂かれそうだった。――お友達になってほしいの。それは、わたしがかつて、アーヴェルに言った一番最初の願いだった。

アーヴェルは、意図がわからないらしく、一瞬だけ眉を顰めた後、結局は何度も頷いた。

「ああ？　……ああ、いいよ、なるよ！　友達なんていくらでもなるし、間違ってなくても殴ってやる！　ほら、お前も手を掴め！　おい誰か、手を貸してくれって言ってるだろ！」

騒ぎを聞きつけた周囲の人が、ようやく側にやってきた。男の人が、アーヴェルを見て、訝しそうに目を細める。

「君、何してるんだ」

アーヴェルは男の人の方を振り返り叫んだ。

「見りゃわかるだろ！　子供が落ちかけてるんだよ！　手伝えよおっさん！　さっさと助けろ！」

男の人はため息を吐き、アーヴェルが掴むものを指さした。

「見ろ少年、それはただの服だ」

アーヴェルはぎょっとしたように、自分が掴んでいたものを見た。そこには抜け殻になったシャツが、風に靡いているだけだった。

見間違いだろう、と言われ、アーヴェルは頭をかいている。

「おかしいな、本当なんだよ。いたんだ。泣いてる男の子が」

怪我してて、傷ついて、可哀想だった。だから助けようと、思ったんだ。そう言う、アーヴェルの声が聞こえていた。

いたのよ。バレリーは、本当にいたの。彼は確かに生きていた。生きて、さっきまでここに存在していて、呪いの代償を受けて、死んだ。だけど、最後に、希望を見たのだと思う。体が消えていく間際、バレリーはとても嬉しそうにアーヴェルを見つめていたのだから。

バレリー、それがあなたの覚悟なのだとしたら、わたしも、わたしの償いをしなきゃいけないわ。

不思議がるアーヴェルの声が遠ざかる。わたしは、アーヴェルのいない場所へと歩き続けた。

もう呪いはない。バレリーと共に消えてしまった。時を戻すほどの、大きな魔力は、二度と生まれない。だから、これが、最後にわたしたちが辿り着いた世界なんだ。

さようなら、アーヴェル。わたしも、あなたの人生を、あなたに返さなくちゃいけないと思って。でも、あなたがわたしの心を、育て直してくれたこと、絶対に忘れない。もらった不器用な愛と、くれた優しさが、いつだってわたしの生きる、道標になる。

めちゃくちゃにしちゃったあなたの人生を、今度こそ幸福に染めて欲しい。わたしに会わなかったあなたの可能性を、どこまでも素直に生きて欲しい。あなたが幸せでいてくれることこそが、わたしが愛した証だから。

だけどわたし、いつだってあなたが大好き。

どんなあなただって、大好き。わたし、本当にあなたが大好きなの。いつも一緒にいてくれたことを、絶対に忘れない。あなたを好きなままでいることを、どうか許して欲しい。だってやっぱり、この気持ちだけは、どんなことがあったって、変わらないと、思うから。

最終章

嘘みたいに幸せな話

生まれて死ぬだけの人生になんの意味があるのだろう。形だけ整えて、そこに在るだけの人間には、どんな魅力も宿らない。だが俺は、長い間、そうだった。

長らく、一切を思い出さずに生きてきた。一応言っておくと、この人生においては別に思い出さなくても問題はないもので、しかし俺の生きる意味を考えた時には、やはり思い出さないと大問題であるような、そんなことだ。

俺がまだ十何歳の時、何を思ったか兄貴ショウ・フェニクスは突如として皇帝になろうと思い立ち、数年かけて根回しをした。北部は当然兄貴に従い、相当に入念な手回しのおかげで、キングロード家をはじめ有力貴族が俺たちに味方した。

結局、蜂起からひと月もしないうちに中央は崩れ、捕らえられた叔父上と従兄弟殿は、元々フェニクス家が出てきた小さな島に生涯見張りつきで幽閉となった。他国へ侵攻をし続けた我が国の戦争は、ドロゴの失脚と共に手を引いた。わずかに領土を得て、わずかに領土を失い、結局は戦争開始前とあまり変わらない形で、国境は引き直された。

兄貴はいい。自分のやりたい道を見つけたのだから。俺は未だ、自分の生き方というものについて、若者特有の特権にかこつけて模索していた。

北部統括に任命され、多忙の日々の中にあっても、心のどこかで、何かを強烈に求めている——ような気がしていた。だがそれが仕事なのか恋人なのか友人なのか、はたまた趣味であるのかについては、まるでわからないまま暮らしていた。

ずっと抱えていた違和感に対するわずかな輪郭が見えてきたのは、ついこの前だ。

きっかけはそうだ。ジェイド・シャドウストーンだった。

帝都で宮廷魔法使いをしているジェイドとの交流は頻繁にあり、奴が北部に顔を見せた時は、必ず屋敷に招待していた。招待といえば聞こえはいいが、大抵は朝まで飲んだくれ、愚痴ばかり言い合っていた。

この日もそんな一日で、夜はどうでもいい話をしながら二人で酒を飲んでいた折に、ジェイドが言った。

「貴様の兄貴をどうにかしろ。あの男、俺にしきりに縁談を持ち込んでくるぞ。皇帝になってから少し傲慢になったんじゃないのか。その前に自分の結婚が先だろうが。お前たち兄弟は独身主義の神でも信仰しているのか？」

今日はいつにもまして嫌味を飛ばしてくる。とはいえ俺もこいつも互いの性格には慣れたもので、今更とやかく言うことでもなかった。

ジェイドも中々複雑な事情を抱えていて、俺がのんびりと不自由ない暮らしを享受している間、家族が惨殺され一人生き残るというおぞましいまでの不幸を経験していた。

いや、一人生き残るという表現は、些《いささ》か語弊があるかもしれない。彼の妹であるセラフィナの遺体は発見されておらず、行方不明というのが一応の建前だ。だが当時八歳の娘だ。生きているとは、誰も考えていなかった。

「どうやらショウにはお前のことがもう一人の弟に見えているらしい。ずっと面倒見てきたからさ、仕事漬けなのが心配で仕方ないんだろ」

友人とも腐れ縁とも、なんともいえない俺たちの関係だが、始まりはショウが天涯孤独の身の上のこいつの後見人になったことだ。

ジェイドはため息を吐いた後、俺をじとりと睨みつけてきた。

「俺は好きで働いているからいいんだ。それよりも貴様だ。貴様こそ結婚しないのか。今や皇帝の弟となった貴様に、皆、自分の身内を推すことに躍起になっているぞ」

笑いが口から漏れる。

「見合いなんて全部断ってるよ。俺はさ、たった一人の運命の人を探してんの。きっと絶世の美女が、どこかで俺を待っているんだぜ」

「その年まで恋人の一人もいないとそうもこじらせるのか。薄気味の悪い男だ」

ち、とジェイドは舌打ちをし、半分入ったグラスを最後まで飲み干し立ち上がる。目線は窓の外に向けられていた。夜の暗がりでは庭は見渡せないが、そこにかつて鎮座していた枯れ木はもうない。

　まだ反乱が始まる前に、俺とジェイドのちょっとした喧嘩で、庭を半焼させたことがあった。兄貴が大切にしていた木、もろとも大層よく燃えたから、俺は殺される覚悟を決めたのだが、兄貴は大笑いをした後で少し叱っただけだった。

　思い出したのか、ジェイドも言う。

「……ショウには感謝している。父と兄が死んだ後のシャドウストーンは、それはそれはひどい有様だった。顔も知らない親族が次々に現れては、財産と家督をかすめ取ろうとしていた。俺を援護したのはショウだけだ。俺を庇っても、当時はなんの得にもならなかったにも関わらずな」

　確かにそうだ。ショウは平素冷静ぶっている割に時にいかれた行動を取ることもあり、理解できないことが多々あった。

　だが総じて、結果的にはだが、すべて丸く収まっている。ジェイドを庇ったのもそのうちのひとつだ。どこまで天然で、どこまで計算なのか、弟の俺にさえわからなかった。

　庭をしばらく見つめていたジェイドだが、やがてグラスをテーブルの上に置くと、話題を変えるように言った。

「そういや貴様の着なくなった服を、バレリー・ライオネルにやるんだろう。あの男、今度の建国式典にまであんな格好で来かねんぞ。あの無頓着さで来てみろ、恥をかくのは友人の俺たちだ。さあ服はどこだ」

「え、今から？」

ギロリ、と鋭い視線が俺に向く。明らかにジェイドは酔っ払っていた。

酔うと説教くさくなるこの男に、またずぼらだとか、生活態度がどうのだとか、言われる前に俺も立ち上がった。

「衣装部屋だ、あんま使ってねえけどさ」

部屋を移し、酔っ払い二人して、服を漁りはじめた。先に奥へと入り込んだジェイドの不服そうな声が飛ぶ。

「おいアーヴェル！　子供の頃の服まであるじゃないか！　整理しているのか？」

していなかった。几帳面なジェイドは、文句を言いながら服を仕分けしはじめる。そうして深部から取り出したのは、毛糸のぼろ切れだった。

「なんだこれ、どう使ったらこうなる？　そもそも原型はなんなんだ」

苛立つジェイドを宥めるべく、そのぼろを奪い取る。見覚えがあった。

「ガキの頃使ってた手袋だ。ゴミだよゴミ――」

「ゴミならさっさと捨てておけ！」

「ああ、そうなんだよな。確かに、そうなんだけどさ。なんかこれ、ずっと昔から捨てられなくて」

頭をかき返事をしながら、ふと疑問が頭をもたげる。なぜこの手袋が衣装部屋にしまわれているのだろうか。

「誰かにあげたような気がするんだけど、誰だっけ」

「俺が知るか。ここにあるのなら、突き返されたんだろ。というかこれを誰かに贈るなど、相変わらず貴様はどういうセンスをしているんだ？」

ジェイドの言い分はもっともだ。こんなぼろをあげて喜ぶ奴がいるとは思えなかったし、誰かにあげたのなら、ここにしまっているはずもない。

奇妙な感覚だ。頭のどこかでは強く確信しているのに、それがどういったことなのかはまったく思い出せない。大切な約束を、自分でも知らずに反故にして、取り戻せない何かを失ってしまっているようだった。

興味が失せたらしいジェイドは、再び俺から手袋を奪い取ると、ゴミに分別した。再びの既視感が俺を襲う。

「そうだよ、その時もこうやって、奪われたんだ。こんなぼろい手袋、俺だってあげるの恥ずかしかったんだよ。だけどそいつは、すごく嬉しそうにしててさ……。だから、まあいいかって思って、結局渡したんだ」

意味がわからなかった。心の中の空洞が、広がったような気さえした。ジェイドが訝しげな表情で俺を見ている。

「確かにあげたんだ。確かに誰かに、渡したんだよ」

その歓喜する姿が、ぼんやりと思い起こされた。

その手袋が、なぜまたここにあるんだ？

考え続けているうちに、別の疑問が浮かんだ。

「俺とショウって、いつからこんなに信頼し合っていたんだっけ」

「それこそ知ったことか。……おい、なぜ泣くんだ？　不気味だな」

ジェイドが顔を引き攣らせながらも、泣く俺にハンカチを差し出した。なぜ泣くのかなど俺にもわからない。別に悲しいことなど何もないはずだ。ハンカチを受け取り情けなくも涙を拭いながら、しかし不可解さは消え去らない。

何か、変だ。何かが、おかしい。俺とショウのわだかまりは、いつからなくなったんだ。誰よりも強い絆を、本当に俺たち二人だけで築き上げたのか。俺とショウの他に、この屋敷に誰か、いたんじゃないのか。

そこまで思い至って、俺は叫んだ。

「そうだ、誕生日！　誕生日を祝ったんだ。雪が降っていて、祝われたのが初めてだと、そいつは大喜びで、言っていた……その、はずだ……」

だが一方で冷静な俺が思う。そんなはずはない。誕生日のことなら覚えている。ショウと俺は、ささやかながら互いに祝辞を述べていた。いつもその程度で、他に誰かがいた覚えはない。

強烈な目眩《めまい》が俺を襲った。これは、いつの記憶なのだろう。

そいつはよく笑って、よくはしゃいで、小さなことで大げさに喜んだ。わがままに振り回されて、ときどき俺が泣かせた。

俺はそいつの信頼を、裏切ってばかりではなかっただろうか。傷つけてばかりではなかっただろうか。それでもそいつは、俺を信じ、いつだって側にいてくれた。

妹のようで、しかし決してそうではなかった。守りたかった。守れたのだろうか。

――そういう誰かが、いなかっただろうか。

酔いが急速に回り、壁に手をついた。大丈夫か、と問うジェイドの声が、遠くから聞こえる。

「ジェイドお前さ、妹、いただろ」

「……ああ」

俺の側にやってきたジェイドの顔が曇った。なぜ彼の妹のことを尋ねているのか、自分でも定かではなかった。だがこの思考を手放せば、大切なものを永遠に失ってしまうという危惧があった。

「今、彼女はどこにいるんだ」

首を横に振りながら、ジェイドは言う。

「……わからない」

「お前の親父と兄貴は、誰にどうやって殺されたんだ」

ジェイドの顔がにわかに険しくなる。

「なぜ今そんな話をする必要があるんだ？」

「猛烈に気になるんだ。教えてくれ、なぜだ！」

正体不明の焦燥感にさいなまれていた。抑えきれずジェイドの肩を掴むが、振り払われる。

「離せ！　わからないんだ。父と兄は黒い影に殺された。女のようにも感じた。母上だと兄上は呟いたが、母はとうに亡くなっている。影を操り妹を連れ去ったのは子供のように見えたが、暗がりでよくわからなかった。俺こそ知りたい！　なぜ父と兄は死に、妹が姿を消さなければならなかったのか！」

頭痛がする。気を抜くと倒れそうだった。

「ごめん、こんな話をして」

家族を失い、最も傷ついているのはジェイドだ。それにようやく思い至り、謝る。

だけどさ。お前だって思わないか。

思うだろ。思わないか？

俺たちは、なんで反乱なんて成功させることができたんだ。まるで一度経験したことがあるかのように簡単だったじゃないか。誰を信頼すればいいのか、どう動けばドロゴとシリウスを倒せるのか、手に取るようにわかった。

前はもっと大変だった。邪魔をする奴がたくさんいて――。前っていつだ？　前なんてあり得ないだろ。

俺は必死だった。

「……なあ何か、何か変なんだ。何か、誰か、思い出さないか！　この屋敷って、俺とショウの他に、誰かいたんじゃないのか！　俺、その誰かを大切に思ってたんだ。自分のことよりも、誰のことよりも、そいつを一番に考えてたんだ。本当に大切で、ずっと側で守りたかった。何がなんでも、幸せにしてやらなきゃいけなかったんだ。なのにそれが誰だったのか、いつのことだったのか、全然、何も、まったく思い出せないんだ！」

珍しく気遣わしげなジェイドの目が、俺に向けられた。

「貴様、酔っているんだろう。無理させて悪かったな、寝ろ。服などいつだっていいんだ」

確かに俺は酔っていた。だが、ジェイドに促されるまま部屋に戻り一晩経っても、その違和感は拭い去れなかった。

翌日になり、帝都に戻るジェイドを見送っても、俺の頭はまだまともではなかった。とはいえその日俺は、街へと出る用事があった。学生時代の友人が結婚するというので、彼女に祝いの品を贈ろうと考えていた。

すでに待ち合わせ場所にいたバレリー・ライオネルが俺を見て破顔する。

「バレリー、お前にやる服、後日でいいか。昨日ジェイドと見繕おうと思ったんだけど、二人して酔って無理だったんだ」

俺が言うと、

「お二人らしいですね」

とバレリーは笑った。

俺がこの男を知ったのはガキの頃で、学園の長期休みを持て余し北部に遊びに来たジェイドが、友人だと言って連れてきたのがバレリーだった。中央の魔法専門高等学園で、同じ寮に入っているのだと紹介を受けた。

出会った日から妙に気が合って、俺とジェイドとバレリーは、よく三人でつるんで遊んでいた。俺とジェイドの頻発する喧嘩を止めるのも、いつもバレリーの役目だった。成長してからも、それは変わらなかった。

最近バレリーは北部に転属となった。有能な人手が欲しくて、バレリーと共に宮廷で働くジェイドをなんとか説き伏せ、帝都から呼び寄せたのだ。時には私用でも、俺たちは会っていた。今日もそうだ。贈り物を一緒に選んで欲しいと頼むと、バレリーは快く引き受けてくれた。

歩き出しながらバレリーは言う。

「僕でお役に立てればいいですけど」

「立つさ。俺ってセンスないって、前に言われたし」

バレリーは吹き出す。

「的を射た意見ですね」

お前もそう思ってたのかよ。

「一体誰が言ったんですか?」

「あいつだよ。ほら、誰だっけな……言われたのは兄貴の誕生日に開いたパーティで——」

その先が言えなかった。

「変だな。兄貴の誕生日パーティなんて開いたことないし、センスないって、誰かに言われたこともねえや」

なんですかそれ冗談ですかと、バレリーが笑う。

「昨日からさ、なんか、変なんだ。魚の小骨が、ずっと喉にひっかかってるみたいな、気色の悪い違和感があってさ。よくわかんねえんだけど、大事なもんを忘れてるみたいで」

言いながら彼の青い瞳を見て、ふいに奇妙な感覚に陥った。バレリーと俺が、談笑して歩くことに対する、違和感だ。こんなことを思うなんて、俺は本当にどうにかしてしまったのかもしれない。なぜかバレリーが、俺を憎んでいるのではないかと、そんな考えが、唐突に頭をよぎった。

「なあバレリー、変なこと聞くけど、俺のこと殺したかったりする?」

「はい」

立ち止まる俺を、バレリーは振り返った。やはりそうなのかと、奇怪な納得が広がる。反応できず棒立ちのままの俺に、バレリーは焦ったような表情をした。

「ときどきですよ。永遠にしゃべりつづけてくる時とか……嘘ですよ、本気にしないでください。ちょっと、本当に冗談です。死んでなんて欲しくない。仕事が山積みだし、アーヴェルさんくらい賑やかな人がいないと、つまんないですよ」

それから、バレリーははにかむように言った。

「僕、アーヴェルさんのこと、結構好きだし。いなくなって欲しくない」

共に皇帝ドロゴに立ち向かった仲であり、戦友でもあり、同じ反乱に加わった仲間は、時が経っても、互いに信頼し合っていた。バレリーも、そうだった。

「……俺もお前のこと、結構好きだ」

「恥ずかしいな、やめてくださいよ……」

なぜだか俺も照れ、微妙な気まずさも感じる。いい大人が男二人で照れ合う光景など端から見たら不気味そのものだろう。俺たちは早々に、店へと移動した。

目当ての店は、高級店が立ち並ぶ一角の宝飾店だった。店主とバレリーと、あれこれ悩む。

「これとかどうだ」

目に入った一番派手なブローチを手に取るが、バレリーの顔は引きつっていた。

「どうしてよりにもよって、そんなデザインを選ぶんですか！　若い女性ですよ、もう少し華奢《きゃしゃ》で繊細なものが絶対にいい！」

「じゃあ、どんなのがいいんだよ」

店主が、それなら、と言い、店の奥から商品を持ってきた。見せられたのは、宝石が一粒だけついた、首飾りだった。

「これなどはいかがでしょうか。とても良い品なのですが、どういうわけか買い手が長年つかず、しかしながら——」

以降店主の能書きが続く。

バレリーは渋っている。残り物を、体良く押しつけられているのではないかと思っているのだ。俺もそうだ。普段なら、そう思ったはずだ。だが、目が離せなかった。俺はこれを知っている。確かにあげた。誰かに、渡した。その歓喜する姿が、ぼんやりと思い起こされた。だとしたらなぜ、これはここに売られているんだ？

俺はこの首飾りを知っている。見たことがある。確かに、買った覚えがある。何回だってあげると、あいつに約束した。これは、きっと俺を待っていたんだ。俺に買われ、あいつに贈られるのを、この首飾りは待っていた。これはあいつの——彼女のものだ。

「——あ」

小さな、声が出た。


何かのきっかけがあれば、記憶が戻ることもあるのかもしれないと、いつか兄貴はそう言った。だがきっと、今でなくてはならなかったのだ。やり直すには、俺がこの年にならなくては、だめだったんだ。俺と彼女の怒涛の日々が始まった、この年に。

すべてが鮮明だった。笑い声も、泣き顔も、照れる仕草も、はしゃぐ姿も、何もかも、思い出せた。彼女はいた。俺の側に、いつだっていた。

そうして少なくとももう一人、覚えている奴がいるはずであると、思った。

その日のうちに帝都へと向け出発し、寝る間も惜しみ移動して、到着するなり城の一室へと怒鳴り込んだ。

「兄貴！　今日という今日は許さねえ！」

相も変わらず難しい顔で仕事部屋の机に向かい合っていた我が兄ショウは、俺を見ると眉を顰めた。

「どうしたんだ、血相変えて。私がお前に何をした？」

「セラフィナだよ！」

彼女の名前を、叫んだ。言ってから、実感する。そうだ、セラフィナだ。セラフィナ以外に、いないじゃないか。

「セラフィナのこと、兄貴だって覚えているだろ！　俺たちの愛するセラフィナだ。何よりも大事で可愛いセラフィナだ！　とんでもないことをしでかした、あのセラフィナのことだよ！」

兄貴は俺を見たまま黙っている。そこで思い至った。

「――もしかして、覚えてないのか」

愕然とした。彼女のことを覚えているのは俺だけなのか。それともこの記憶自体、俺の頭がおかしくなって、作り上げた幻想に過ぎないのか。

それに、セラフィナ――彼女は、今、いない。幼い頃に行方不明になったきり、今日まで見つかっておらず、命はないだろうというのが、大方の見解だった。

俺の知らない何かが起こり、彼女は永遠に失われてしまったのか。俺は彼女に、二度と会えないのかもしれない。だとすると、俺の中からあふれる、途方に暮れるほど大きな愛だけが、行き場をなくして亡霊のように彷徨うのだろうか。不穏な影を一人感じていると、ショウが言った。

「アーヴェル。お前はどこまで、思い出したんだ？」

「どこまでって、セラフィナがいて――」

瞬間、頭痛がした。セラフィナがいて、彼女を、パーティで助けて、その後戦場で、俺は死んだ。なのに次にも俺は生きていて、出口の見えない屑めいた生活に陥っていた。次にも俺はいて――。

一生分を超えるほどの思い出が俺になだれ込む。

なぜこんなことがあり得たんだ？　この記憶はなんだ。そうだバレリー、あいつ、俺たちの敵か？

吐き気を覚え、押し込める。ショウは言った。

「バレリー・ライオネルは、今は私たちの敵ではない。快いまでの明るい性格をしている、お前が見たままの、善人だ」

昔のことを、思い出した。まだ子供の頃、ドロゴに新年の挨拶をしに帝都に入った。ショウは先に行っていて、俺は一人で向かうことになっていた。城に着く直前で辺りが騒がしくなり、御者に尋ねると、聖堂前で人が死ぬ事件があったという。城にまっすぐ向かうのも癪で、面白そうな事件でもあったから、俺は近道を通り、見物しようと思った。その途中だ。俺は、彼らに、会った。今思えばあれは、バレリーとセラフィナだったんじゃないだろうか。

そう思った刹那に、一切が、俺の中に蘇った。そうだ俺は、セラフィナが課した誓約を逆手に取って、バレリーに俺を殺させた。その時俺は、微かな希望にかけ、自分の記憶を精神に焼き付けた。だが弱い魔力だ。成功したのかはわからないままだった。

俺の死後、あいつらはどうなったんだ。世界はまた、やり直されたのか――？

「ここは彼女が辿り着いた、最後の世界だ。彼女が望んだ、幸福の中だ」

言ってから、ショウは手元の紙に、何やら書き物をしはじめた。これだけの衝撃が俺を包み込んでいるにも関わらず、仕事に戻ったとは薄情者だ。だがショウは、文字を書いた紙切れを、俺の方へと差し出した。

「彼女は、ここにいる」

見ると書かれているのは、南部地方の住所だった。受け取ろうと紙を掴んだが、兄貴は手を離さない。

「私はお前よりも、ずっと前から記憶を持っていた。お前が私に記憶を流し込んだ影響が、今でもまだ、出ているんだ。だから彼女の居場所も、早いうちに突き止めることができた。苦労はしたがな」

「……じゃあ、もっと、早く言ってくれよ。少なくとも、ジェイドにはさ」

ショウは飄々と答えた。

「彼は知っている。二人で彼女に会いに、その場所に行った。だが、会うことは叶わなかった」

ジェイドがセラフィナの居場所を知っていたとは、とんだ狸野郎だ。つまり奴は俺に嘘を吐いていたのだ。

「なんで会わなかったんだよ」

紙切れを互いに掴んだまま、ショウはまっすぐ、俺を見る。

「幸福そうだったんだ。彼女は、とてもとても、穏やかに笑っていた。我々はもう彼女には必要ないと思えるほどに――美しく、完璧で、希望に満ちあふれていた。それが彼女の望みなら、会うべきではないと、ジェイドが言ったんだ。アーヴェル、彼女に会うのなら、覚悟を決めておけ。彼女がようやく見つけた幸せな時間を、決して邪魔しないと約束しろ。拒まれたら、素直に引き下がると誓え。それでも会うなら、止めはしない。だが、振られるかもしれないぞ。会うのか？」

「馬鹿言えよ兄貴！」

俺はついに紙切れを奪い取った。

「会いに行くに決まってんじゃねえか！　あいつが今、十分幸せだって言うんだったら、それを上回る幸せを、抱えきれないほど与えてやるまでだ！」

住所は南部の果ての修道院だった。凪は海の熱気を孕み、灰色の分厚い雲が世界を覆っていた。その小さな教会は、海沿いの崖の上にぽつりとあった。

彼女はどうやってここに辿り着いたのだろう。あれだけ俺を好きだと言っていたのに、なぜ姿を消したのだろうか。もう俺に、愛想を尽かしてしまったのかもしれない。勢いで来たはいいものの、そんな思いが悶々と頭を駆け巡った。

教会の中に入ると、想定より多くの人がいた。暑い日だったが建物内はひやりと冷え、信者というよりは、涼を求めてやってきているようだった。中を見るが、セラフィナの姿はなかった。

一番近くにいた壮年の修道女を呼び止める。

「セラフィナという名の修道女を呼んでくれ」

「そのような者はおりません」

偽名を使っているのかもしれないと思い至り、少し考え、俺は言った。

「じゃあ、この修道院で、一番可愛い修道女を呼んでくれ。目が大きくて、茶色の髪が猫みたいに柔らかくて、腰が細くて、声も鈴を転がしたみたいに綺麗で、笑うと花が咲いたみたいで、いつまで見ていても飽きというものがないほど、地上の天使さながらの奴がいるはずだ。彼女に懺悔がしたい。彼女じゃないと、俺の罪は許されないんだ」

はあ、と胡散臭そうにその修道女は言い、ともかく懺悔室で待っていろと、俺をその小部屋に閉じ込める。やがてぱたぱたと軽やかな足音が聞こえ、向かいに誰かが座った。懺悔室の壁の向こうから、涼やかな声が、した。

「神の慈しみに信頼して、あなたの罪を、告白してください」

その声を聞いた瞬間、俺の心臓は止まってしまったのかと思った。愛情と懐かしさと思い出が、抗い難く、胸の中にあふれ氾濫する。感情を堪え、俺は言った。

「それが、わからないんだ」

しばしの沈黙の後で、壁の向こうから、震える声で、返事があった。

「ですが、罪がわからないと、告解ができません」

か細い彼女の声が、俺の心に響き渡った。気づけば神の許しを得るように、彼女に向かい両手を組み、頭を垂れていた。必死に言葉を絞り出す。ひとつひとつ、彼女に捧げるように。

「じゃあ、教えてくれよ。俺の罪って、結局なんだったんだ。考えても、よく、わからないんだ。お前が姿を消して、それで全部丸く収まる程度のものだったのか？　俺の罪って、そんな簡単に許されるものだったのか？」

瞬間、彼女が部屋を飛び出した。俺も部屋を出て、彼女とついに、対面した。大きな瞳を驚愕に見開いたセラフィナが、俺を凝視していた。

ああ、セラフィナだ、と思った。

目の前にいるのは、確かに、記憶の中の、セラフィナだった。髪を切り、肌は日に焼けていたものの、望み、夢見て、俺の人生を何度もあげた、可愛い可愛いセラフィナだった。

相変わらず泣き虫のセラフィナが、大粒の涙を溢れさせる。

「なんで、どうして、どうしているのよ！　わたし、あなたの人生を、邪魔しちゃいけないんだと思って！　あ、あなたを、わたしから、解放しなくちゃいけないんだって、そう、思ったのに！」

だから姿を消したのか。俺にも会いに来ないで、別人として暮らすことが、お前の望みだったのか？　もう彼女には、俺は不要なのだろうか。

「でもそれってさ、全然お前らしくないよ。俺がお前をすっかり忘れて別の誰かと幸せになっても良かったのかよ」

「嫌だ‼」

顔を真っ赤にしたセラフィナが、即座にそう叫んだ。

「嫌に決まっていつでしょう⁉　どうしてそんないじわる言うの？　だってあなたは、わたしだけのあなたじゃないと嫌なんだもん！　……でも、それじゃだめだって思って、だからわたし、覚悟を決めて去ったのに！　あなたの幸せを遠くから願っていたのに！」

教会内で祈りを捧げていた全員が俺たちを見ていたが、まったく気にならなかった。手を伸ばし、頬の涙を拭ってやると、彼女は両手で顔を隠した。

「わたっ、わたし！　今、すごくひどい顔をしているわ」

「まさか、綺麗だよ。本当に、お前はいつだって綺麗だ」

俺は彼女の手を取り、取り出した包みを握らせる。

「お前だけが、俺の中にいたんだ、ずっとずっと、心の中にいたんだ」

彼女の華奢な指が、包装をゆっくりと解いていく。現れたのは、宝飾店で買った首飾りだった。

「何回なくしたって、何回だってやるって、言ったろ」

俺は彼女の前に跪く。背後に日の光を受けたセラフィナが、呆然と俺を見下ろしていた。

「セラフィナが好きだ。セラフィナを愛している。お前を幸せにする許しをくれ。約束を果たす、機会が欲しい。一生、大切にする。生涯かけて守り抜くよ。悲しむ隙間がないほどに、幸せだけを詰め込む。喜びだけを、与えるから。だから」

予め用意していた台詞が、いざという時、喉に詰まる。跪いたままで、意を決し、一気に言った。

「俺と結婚してください。俺の、花嫁になってください」

涙と鼻水で、顔面をぐちゃぐちゃにしたセラフィナは、顔を真っ赤にしながら、首を、横に振った。

「や、やだ――」

聞こえた言葉が信じられず彼女を見たが、やはりしっかりと首を横に振っていた。まさか振られるなんて誰が思うだろうか。いいやショウは予期していた。拒まれたら引き下がれと誓わされた。

なんてことだ。ああ、まったく、なんてことなんだ。今更のこのこ会いに来て、内心迷惑に思っているのだろうか。そりゃそうだ。だって彼女は、自分の意思で姿を消し、愚かにも呑気を起こした俺は、何年も思い出さなかったんだから。

馬鹿な俺、何をショックを受けている。彼女が幸せならいいだろうが。周囲の哀れみの視線を感じながら、自分を立ち直らせようと内心奮闘していると、セラフィナの声が、聞こえた。

「幸せだけじゃ、なくていい」

まだ首を振りながら、彼女は言った。

「喜びだけじゃ、なくていい。悲しい時も、つらい時も、最低最悪の不幸の中だったとしても、アーヴェルと、一緒がいい。ずっと一緒がいい。どんな時だって、二人でずっと、生きていきたい。もう、やだ。寂しいのは、やだ」

セラフィナは子供のように泣きじゃくりながら、俺の手を握り返し、床に両膝をつける。目線を同じ高さにすると、何回も彼女は頷いた。

「はい――……。結婚、お受けします」

彼女の涙が床に落ち、俺はたまらず抱きしめた。しゃくり上げながら、彼女が言う。

「これが、夢だったらどうしよう？　目が覚めて、また九歳だったら、どうしたらいいの？」

「そうだとしても、また俺は、お前に恋をするよ」

何回出会っても、何回だって恋をするよ。さらに強く、彼女を抱きしめる。

「帰ろう、セラフィナ。ショウが、待ってる」

言うと、ようやくセラフィナは、幼い頃と寸分違わない無邪気な笑顔で、心の底から幸福そうに笑った。

なあセラフィナ、気づいてなかったのかもしれないけど、とっくの昔から、俺はお前だけのものなんだよ。


それからのことを、少しだけ話そうと思う。

その日は、笑ってしまうくらいに快晴だった。青い空には白い雲が当然のような顔をして浮かび、太陽が柔らかく世界を照らしていた。恥ずかしくなるほどお誂え向きの日であるが、今日ばかりは茶化さず、素直に受け取っておきたかった。

聖堂の控室にいるセラフィナが呼んでいるというので向かうと、目も眩むほど美しい女がそこにいた。花嫁衣装に身を包み、俺を見て眉を下げる。

「どうかしら？　変じゃ、ない？」

「綺麗だよ」

率直な感想を言った。

「世界中の美女が地団駄踏んで嫉妬するくらい、綺麗だ」

ありがとう、と彼女は照れたように微笑む。

「アーヴェルも、すごくかっこいい。来てくれてありがとう。式の前に、どうしても会いたかったの」

白い衣装は、はにかむ彼女をより引き立てる。空いていた椅子を隣に引っ張り座ると、真向かいに彼女も腰掛けた。途端に彼女の目が潤む。

「緊張しちゃって、だめなの。あのね、お願い。手を、握って欲しいの」

伸ばされた手を、握り返した。

「ねえ何か、お話しして――。楽しいお話がいいな」

子供の頃のような甘えた口調に思わず笑う。緊張で震える彼女の手を見つめながら、思い出したのは、いつか失った小さな命のことだった。

「帰ったら、猫を飼おう。犬でもいい。もちろん両方でも。寂しくないように、三匹ずつだ」

「どうして三匹なの？」

美しい瞳が向けられて、微笑み返した。

「三匹いたら、二匹が喧嘩したときに、もう一匹のところに逃げられるだろ」

だから、三匹じゃないとだめなんだ。一匹でも二匹でもだめなんだよ。

話していると、控え室の扉が開き、正装をしたジェイドが現れた。手を握り合う俺たちを見て、深いため息を吐く。

「おい新郎、どこにもいないから逃げたかと思ったぞ。そろそろ出番だ、行ってこい」

おう、と返事をし、ジェイドの脇を通り抜けようとした時だ。鋭く睨まれる。

「悲しませたら、殺す」

「しないよ、そんなこと」

するわけないだろ。

「じゃ、よろしく頼むぜ、お義兄《にい》ちゃん」

冗談交じりにそう言うと、さっさと行けと背を叩かれた。

式場に入り、祭壇の前で招待客に見守られながら、セラフィナの入場を待っていた。

セラフィナを伴って帝都に戻った時、真っ先に会ったのはショウではなくジェイドだった。一体どこで出会ったのだと訝しがられはしたものの、離れていた妹との再会を心の底から喜んでいたのもこいつだった。

……だからだろうか。

扉が開き、ジェイドにエスコートされたセラフィナが入ってきた時、セラフィナよりもジェイドが大号泣していた。

嗚咽が聞こえ目を向けると、親族席の先頭でどういうわけか兄貴がボロボロ泣いていた。友人席のバレリーでさえも、泣き笑いのような情けない表情を浮かべ、ハンカチで目を押さえている。

まったく困ったことに、俺の目頭も意に反して熱くなる。

「幸せになれ、セラフィナ」

ジェイドが俺へとセラフィナを渡す直前に、そう囁いた声が聞こえた。──それは、俺が願い続けた言葉だった。

日の光が聖堂の窓ガラスを通って彼女に降り注ぐ。美しい彼女の手を取って、俺の隣へと導いた。

彼女は目を細め、歌うように軽やかな声で言う。

「──これが、夢だったらどうしよう？　目が覚めて、また九歳だったら、どうしたらいいの？」

「そうだとしても、また俺は、お前に恋をするよ」

何回出会っても、何回だって恋をするんだ。

どんな困難にぶち当たっても、どれほど世界が残酷でも、いくら絶望の底にたたき落とされようとも、絶対に諦めなかったお前が俺たちを幸せへと導いてくれたんだ。

誓いのキスを、と司祭が言った瞬間、セラフィナが俺に飛びついて雨のようなそれが降ってきた。

「アーヴェル、大好き！　大好き、大好き、大好き‼」

重ねられた愛の告白を聞きながら華奢な体を抱きしめ返し、生きるためにはこれが必要だったのだと確信しながら、ギャラリーが辟易するほど何度も何度も彼女にキスをした。

「流石にふざけすぎだ」

ショウの声がし、セラフィナが俺を見て照れたように笑った。

――ああ、なんて。と俺は思った。なんて幸せなんだろう。世界にまだこれほど、幸せな光景があったなんて。

世界の時が戻る度、俺たちは背筋を正された。閉じていた目を開き、塞いでいた耳を、澄ました。初めて気づく感情に戸惑ってばかりいた。見たくもない惨状と、聞きたくもない真実ばかりに直面した。上手くいくことのほうが少なかった。もしかすると、それはこれから先も変わらないのかもしれない。

善い奴も悪い奴も普通の奴も、同じ釜に入れられて、一緒くたにごった煮されてしまっては、結局はあがきながら生きていくしかないのだ。時はもう戻らない。手探りで未来を生きるしかない。

だがその点において、俺は幸運だったのだと思う。地図のない暗闇の道の中で、決して見失うことのない光を見つけることができたのだから。

セラフィナが、笑いながら俺の頬に手を伸ばす。

「アーヴェルだって、泣き虫だわ」

図らずも流れていた涙を拭われて、愛おしさが込みあげた。

人々を震撼させる恐ろしい悪女で、誰よりも清らかで純粋な、俺だけのかわいいセラフィナ。こんなことになるなんて、かつての俺は予想さえもしていなかった。だが、これでいい。これがいいのだ。何を犠牲にしても、見たい景色があった。聞きたい言葉があった。

ずっと昔から、俺の隣で笑うセラフィナが見たかった。彼女の笑い声が聞きたかった。だからとても、幸せだ。

そうとも。これはとんでもなく笑える喜劇なんだ。

積み重ねられた想いの果てに、世界は遂にまともになった。それもすべてがすべて、セラフィナが俺に恋をして、見事叶えたからだ。あるいは逆かもしれない。彼女の恋が叶った瞬間、俺の恋も叶ったのだから。なんてことを考えたら、笑いが込みあげた。

そうだ。初めから、こういう話でしかない。

これは誰かが更生される話ではない。

時が戻る不思議な魔法の話でもない。

呪いと祈りの話でもない。

熱い兄弟の話でもない。

固い友情の話でもない。

暗い復讐の話でもない。

なんなら別に俺の話でもないし、そうしてやはり悲しい話でもなかった。

ただ単純に、恋の話だ。

一人の少女が恋をして、その恋を叶えるだけの話だ。幸も不幸も、愛も憎しみも陰謀さえも、すべて彼女の恋がなければ成り立たなかった。

そんな拍子抜けする話であり、その滑稽さがなんとも間抜けで、俺たちらしくて愛おしい。

セラフィナが頬を赤く染め、恥ずかしげに、俺にだけ聞こえるように小さく呟いた。

「もしかしてわたしたち、馬鹿みたいじゃない？」

「馬鹿みたいにふざけてるくらいが、ちょうどいいんだよ」

耐えきれずに噴き出したらしい誰かが笑う。笑いは会場中に波及し、幸福だけが聖堂の天井に反響した。参列者の誰かが魔法を放ち、天井から光の粒を降らせた。招かれた魔法使いたちが、次々に魔法を重ねていく。俺も負けじと魔法を放つ。

無数の光が聖堂を包み込み、あまりにも美しい光景に誰もが歓喜の声を上げた。セラフィナの大きな瞳が光を反射し、どんな宝石よりも美しく輝いていた。

なあセラフィナ、もう不幸はすべて過ぎ去って、ひたすらの幸福の中をお前は歩むんだ。心配するな。俺もこの先の喜劇に、お前が側にいる幸福を噛みしめながら、とことん付き合っていくのだから。おそらくは、俺の命の終わりまで。

歓喜と祝福の中、嬉しそうに喜ぶ彼女の隣で、俺はその瞳をいつまでも見つめ続けていた。

……さあ、これで俺の話は終わりだ。

それから先の話を語るつもりはない。まあたいていの奴が想像するような平凡な人生が待っていたというだけだ。多くは幸せだった、それでいいだろう。つまるところ、これが俺と彼女の物語で、俺が話したかったことだったんだ。

物語の締めくくりはやはりこうだ。こうして皆幸せに暮らしましたとさ、めでたしめでたし。
――な、馬鹿みたいにふざけた話だったろ。

〈おわり〉

あとがき

最後までお読みいただきありがとうございます。

無事に物語の完結まで書くことができ、出版することができたのは、応援してくださった皆様のお陰でございます。

馬鹿みたいにふざけていて、嘘みたいに幸せな話としてアーヴェルとセラフィナ（そしてショウとその他たち）の話を受け取っていただけていたら嬉しいです。とても楽しく書かせていただいたお話なので、楽しんで読んでもらえていたら、この上なく幸せに思います。

さて、いらない解説かもしれませんが、このお話は時系列がバラバラなので、少し説明いたします。ループではなく世界が再編されたという前提の元、起こった順番としては、

二巻二章0回目→一巻冒頭、ショウの幕間、二巻ジェイドの幕間が同じ世界→後は順番通りに

一巻一章→一巻二章→二巻一章→二巻二章→最終章

と続く形になっておりました。

バレリーはどの順番でも良いからフェニクス家を始末したい。シャドウストーン家はとにかく権力を維持し続けること＋魔導石が欲しい。皇帝家は北壁の兄弟の排斥。セラフィナはアーヴェルとの恋を叶えたいという目的から徐々に皆の幸せを祈るようになり、アーヴェルとショウはた

だ生き残りたいから、やはり皆で幸せになりたいという目的に変化しており、皆がそれぞれ異なる目的で動いていたので、世界ごとに微妙な違いが生じていたということでした。

ＷＥＢ版を読んだ方がいらっしゃいましたら、ＷＥＢ版三章以降と二巻の違いに気づくかもしれません。小説家になろうに投稿した文章から、削り、足し、削り、足し、削り過ぎて辻褄が合わなくなり慌てて足し、を繰り返しながら、書籍版として完成させたものが本作となっております。

完結まで皆様に読んでいただきたいという思いがやはりあり、書籍版についても最後まで書くことができて、とても幸せに感じています。

これだけひどい目に遭わせたのだから彼らを幸せにしてあげなくてはと、その思いがひたすらに詰まっております。この物語以降、彼らに起こった出来事は、想像することしかできませんが、きっと楽しく過ごしているのではないかな……と思っております。

最後に、この物語を紡ぐに当たってお力添えをくださいました皆様、この物語をお読みくださったすべての方々に、改めて感謝申し上げます。お楽しみいただけていたら幸いでございます。ありがとうございました。

［ブシロードノベル］
悪女矯正計画　2

2025年1月8日　初版発行

著　　者　さくたろう
イラスト　とよた瑣織
発 行 者　新福恭平
発 行 所　株式会社ブシロードワークス
〒164-0011　東京都中野区中央1-38-1 住友中野坂上ビル6階
https://bushiroad-works.com/contact/
（ブシロードワークスお問い合わせ）
発 売 元　株式会社 KADOKAWA
〒102-8177　東京都千代田区富士見2-13-3
TEL：0570-002-008（ナビダイヤル）
印　　刷　TOPPANクロレ株式会社
装　　幀　AFTERGLOW
初　　出　本書は「小説家になろう」に掲載された『悪女矯正計画』を元に、
改稿・改題したものです。
担当編集　飯島周良
編集協力　パルプライド

ISBN 978-4-04-899752-2 C0093